Por fim volto a escrever-lhe, visto que estão prest[...] ir grandes [fatos. tudo] bra do senhor Van Schoonbeke. Devo informá-lo de que mamãe faleceu. Uma triste história, é certo, não somente para a própria, mas também para minhas irmãs, que por pouco não sucumbiram, combalidas

Queijo

Willem Elsschot

Queijo

Tradução
CRISTIANO ZWIESELE DO AMARAL

JOSÉ OLYMPIO
EDITORA

Título original em holandês
Kaas

© *Erven Alfons Josef De Ridder, Amsterdam, Athenaeum-Polak & Van Gennep, 1969*

Reservam-se os direitos desta edição à
EDITORA JOSÉ OLYMPIO LTDA.
Rua Argentina, 171 – 1º andar – São Cristóvão
20921-380 – Rio de Janeiro, RJ – República Federativa do Brasil
Tel.: (21) 2585-2060   Fax: (21) 2585-2086
Printed in Brazil / Impresso no Brasil

Atendemos pelo Reembolso Postal

ISBN 978-85-03-00904-1

Capa: Isabella Perrotta / Hybris Design

Esta obra foi publicada com apoio financeiro do Fundo Flamengo das Letras (Vlaams Fonds voor de Letteren – www.vfl.be)

CIP-Brasil. Catalogação-na-fonte
Sindicato Nacional dos Editores de Livros, RJ.

E44q
Elsschot, Willem, 1882-1960
  Queijo / Willem Elsschot; tradução Cristiano Zwiesele do Amaral. – Rio de Janeiro: José Olympio, 2006.

  (Sabor literário)
  Tradução de: Kaas
  ISBN 978-85-03-00904-1

  1. Romance flamengo. I. Amaral, Cristiano Zwiesele do. II. Título. III. Série.

06-4299
CDD – 839.313
CDU – 821.112.5(493)-3

A Jan Greshoff

*Calado eu ouço a voz arfante
'Inda que rouca, é veemente,
Maldiz, em tom menor cantante,
O ordinário em toda a gente.*

*Dos lábios vejo a comissura
Já transformada em vil fissura
Que tudo expressa, zombeteira
Formula, acre e matreira.*

*Porção de amantes ele tem
Que ama como mais ninguém
Mulher e prole e um amigão
Mas vive Greshoff em solidão.*

*Procura, olha, espera, atura
De u'a noite à outra, que lonjura!
Jan sobressalta: espera a morte
Na capital, país do norte.*

*Um açoite empunha, ó maestria!
E sulca estria sobre estria
Espanta o gado do teu chão!
Enquanto bata o coração.*

SUMÁRIO

Apresentação   11

Introdução do autor   17
Elenco de personagens   27
Elementos   29

Queijo   31

APRESENTAÇÃO

Eu, igualmente ao protagonista deste livro, não gosto de queijos.

Não mesmo.

Nada entendo de roqueforts, gorgonzolas. E o cheiro, então, longe de mim. Vísceras defumadas, enfim.

Fujo dos buracos suíços.

Mas eis que caiu na minha mão este petisco. Dentro, *literalmente*, da coleção *Sabor Literário*. Falo desta novela *Queijo*, do autor flamengo Willem Elsschot.

Quem?

Elsschot.

Parece marca de fungo.

Não parece um tipo de camembert?

Explico: é a primeira vez que Willem Elsschot é publicado no Brasil. Isso bem depois de o seu *Queijo* (lançado em 1933) já ter conquistado o mundo. Muitos anos depois de ter feito o deleite de centenas de milhares de leitores franceses, americanos, espanhóis, catalães, dinamarqueses, alemães, italianos, finlandeses. Sem contar os japoneses e os coreanos.

Fui pesquisar sobre a sua vida.

Vejamos.

Nascido em 1882, na Antuérpia, morreu em 1960. Foi um importante publicitário. Na verdade, Willem Elsschot era pseudônimo de Alfons de Ridder. E nem a sua família sabia disso, eta danado!

Explico: Ridder não contava para ninguém sobre o seu trabalho literário. Sua filha, por exemplo, só veio a saber, após um bom tempo, que era o seu próprio pai autor dos livros que ela devorava.

Elsschot, à época, já um dos escritores mais populares da Holanda e da Bélgica. Dono idem de uma outra obra, digamos, literogastronômica, intitulada *Lijmen*. Ou traduzindo: *Sopa Leve*.

Mas não misturemos os pratos...

Queijo, a saber, conta a história de Frans Laarmans. Que figura! Assim: um cara meio Bartleby — o famoso escrivão criado por Herman Melville. Um tipo de protagonista kafkiano. Humilhado e insignificante. Azarado e melancólico.

Perdido.

Laarmans já começa o livro velando a mãe, moribunda ("o precioso corpo inânime de mamãe tinha, na verdade, um aspecto melhor do que o que tivera em vida"). E começa idem olhando assim: defronte. Que horizonte?

Oh, vidinha vagabunda!

Ele, um mal-pago escriturário na *General Marine and Shipbuilding Company*. Casado com uma sem graça e melindrada dona de casa, da qual tem medo. E pai de dois filhos, até certo ponto, sem sal e sem tempero.

Mas eis que para tudo o destino dá um jeito. Será? Como dizemos nós, brasileiros, só se for para piorar.

O fato é que Frans Laarmans recebe um apetitoso convite. Este, feito pelo senhor Van Schoonbeke. Primeiro, para participar dos seus saraus. Cinicamente burgueses, etc e tal. Segundo, para ser representante comercial na Bélgica e no Grão-Ducado de Luxemburgo. Em resumo: convite para ser um vendedor de queijos.

O quê?

Vendedor de queijos, não. Um "vendedor de produtos alimentícios", ora, melhor dizendo.

"Teria preferido trabalhar com lâmpadas ou bulbos", afirmará nosso personagem.

Argh!

Sei não.

"Pense bem no assunto. Poderá ganhar muito dinheiro. É talhado para a posição."

Ou seria: "coalhado"?

Eu, igualmente ao protagonista deste livro, não tenho visão, tato, paladar para os negócios. Mas confesso que, de quando em quando, tropeço na mesma tentação.

Trezentos florins por mês, que tal?

O dobro do salário. Hã? Hein?

Vamos ver do que se trata, então. Se é para o nosso bem.

Frans Laarmans aceita o desafio, sem prever o trabalho que é montar um escritório, ir atrás de uma escrivaninha, de uma máquina usada de datilografia. Sem contar os quilos e mais quilos de queijo que começarão a chegar à alfândega. E quando derem para apodrecer? Para feder à sua porta. Ave Maria!

Este *Queijo* (traduzido do original, com categoria, por Cristiano Zwiesele do Amaral) não deixa de ser uma fábula moderna. Está, inclusive, com direitos vendidos para um filme nos Estados Unidos da América. Aliás: os livros de Elsschot têm dado boas adaptações para cinema e para a TV. O seu primeiro romance, *Villa de Roses*, foi até premiado em Hollywood.

A saber: o seu trabalho, e sobretudo o *Queijo*, é um recado profundo e bem-humorado para nós que vivemos um tempo doente.

Azedo.

Fugindo para onde? Quantos pesos carregamos! No nosso dia-a-dia, quantos enganos! Vamos entrando em cada dança. Sem esperança.

Vale lembrar e alguém já falou: que a vida já vem com validade vencida. Pô. É preciso correr. E a gente corre. Estamos sempre em cima da hora. No alvoroço. Ao que parece, no caminho certo, direto para o fundo do poço.

Em tempo: este livro — curiosamente escrito pelo autor em apenas duas semanas — não é baixo astral. Longe disso.

Li no *New York Times*: "É absurdamente engraçado e amargamente triste. Elsschot tem a rara manha de fazer o leitor rir, se retorcer e soluçar, tudo ao mesmo tempo". Surreal e divertido. Coisa para se ler num fôlego. Num vexame curto e grosso.

Willem Elsschot, inclusive, era famoso pela concisão. Pela escrita enxuta. E sem gorduras. Um obcecado pela palavra exata. *Light*, seria? Zero em caloria.

Gostei deveras. Delicioso para mim foi este *Queijo*, quem diria? Um roquefort dos deuses, juro. É verdade.

Agora é a sua vez, amigo leitor.

Sirva-se à vontade.

Marcelino Freire

INTRODUÇÃO DO AUTOR

Buffon disse que o estilo é o próprio homem. Mais conciso e acertado impossível. Mas o homem sensível tira pouco proveito dessa máxima, que se ergue como um modelo a ser eternizado pelo escultor. Entretanto, será possível expressar em palavras uma idéia do que o estilo realmente é?

Da mais extrema tensão estilística é engendrado o trágico. Já no destino do homem, tudo é trágico. Lembre-se das palavras de Jó: "Aqui os maus já não circulam mais; aqui encontra paz aquele cujas forças esmoreceram", e você verá a seus pés a humanidade pululante, copuladora, comendo e rezando, e, ao lado, uma lixeira pública para aqueles cujo último espasmo arrefeceu.

Estilo e música estão estreitamente interligados; a última nasceu da voz humana de que se fez uso para o júbilo e o lamento antes de que o fenômeno se consolidasse preto no branco. E o trágico é uma questão de intensidade, de ritmo e de harmonia, de pausas: uma alternância de júbilo e lentos toques de gongo, de simplicidade e sinceridade com zombaria sarcástica.

Imagine um mar e, acima dele, um céu. No início, o céu azul é de um esplendor imenso. Quem quer que parta de um céu azul deve estar em condições de criar um céu tão azul como jamais o foi qualquer outro em realidade. O espectador deve de imediato surpreender-se com o azul incomum daquele firmamento sem que lhe digam: "Esse céu é azul, azulíssimo". Ele próprio tem uma alma que lho diz, pois o estilo só é concebível para quem tem uma alma.

Esse céu deve permanecer tão azul e imaculado até que o azul tenha penetrado inteiramente em sua alma. Não por muito tempo, porém, senão ele pensará: "Pois é, o céu é azul e azul permanecerá, agora já sei". Ele dá então as costas a seu céu para deixar-se absorver por suas elucubrações de cunho pessoal. E, uma vez que tenha escapado a suas garras, você jamais conseguirá que ele volte uma segunda vez ao lugar de onde deverá avistar o panorama para deixar-se envolver por ele, pelo menos não no que se refere a um segundo céu azul. Quanto mais intenso o azul, melhor, já que mais rapidamente se preencherá com ele. Agora, se você começar com um céu negro, então esse negro deverá espalhar-se por toda sua pele.

Quando o esplendor azul tiver durado o suficiente, aparece então uma nuvenzinha que o fará entender que ele não passará o resto de sua vida contemplando o mesmo céu azul. E, pouco a pouco, o azul minguará, reduzindo-se a um caos de colossos nuviosos.

Um toque de gongo anuncia a primeira nuvem e, os seguintes, um cortejo de novos colossos.

O primeiro toque desempenha um papel diretivo e fundamental, tal um primogênito no seio de uma família. Os seguintes nascerão da mesma maneira, mas acostuma-se a tudo, inclusive a partos, e o elemento surpresa vai diminuindo.

O primeiro toque de gongo deverá soar enquanto tudo estiver límpido e azul, de um amor e uma felicidade só, já que, nesse caso, espera-se tudo menos o estrondo de um gongo, cuja função é a de alertar, incomodar, mas não a de assustar. Algo como o "Irmão, você deve morrer" dos monges numa tarde de verão. Deverá soar branda, mui brandamente. O homem terá de indagar-se de que se trata. Se o que estiver representando for júbilo, então o homem diz: que maneira mais estranha de jubilar-se. Após o primeiro toque, começará a desconfiar do azul como quem sente um gosto diferente no que come, ou ainda como quem vê algo mover-se na imobilidade de um gramado quando da ausência total de vento. Haverá de perguntar-se se não ouviu algo de suspeito e se, mais adiante, não se encontram nuvens. É desejável que acabe chegando à conclusão de que o que ouviu não foi um toque de gongo, mas sim um esganiçar na voz de quem jubila. Só se obtém esse efeito se o gongo soar da primeira vez brandamente e não perdurar demasiado.

Suponha que ele esteja certa noite sentado lendo numa casa vazia. E, de chofre, percebe que efetivamente ouviu algo. Mas não: o silêncio perdura, e seu coração, apático, continua batendo em seu ritmo normal.

Se o primeiro toque for alto demais, não se seguirá mais nada que possa impressioná-lo. Pensará: "Então é só isso? Pois então que seja!". E apressa-se em tapar os ouvidos. Ou então combate aquela fanfarra ruidosa de punho próprio, aguçando os ouvidos, na ciência de que logo não ouvirá mais nada. Isso porque um ruído estrondoso que perdura mais da conta equivale ao silêncio absoluto. E o homem que tão repentinamente fez soar o gongo se lhe afigurará como um obcecado qualquer.

Se esse estranho céu azul perdurar um pouco mais, segue outro toque de gongo.

Eis então que seu homem vê uma nuvem e pensa: "Quer dizer então que eu tinha ouvido bem. Não se trata de grito de júbilo nenhum." E, a fim de certificar-se — já que ainda não processou o primeiro azul —, procura encontrar no que tem diante dos olhos o primeiro soar do gongo. E o encontrará, se fizer um pouco de esforço, dizendo-se: "Eu sabia, o toque não me havia escapado". Entretanto, não tem certeza absoluta de que o primeiro gongo não tenha sido premeditado, já que soou de maneira tão inesperada, e tão debilmente.

O homem, em sua casa vazia, levanta-se e escuta.

E eis que eles voltam a soar. Gradualmente, num ritmo que se vai acelerando, o azul cede terreno aos colossos que se amontoam. Os toques de gongo sucedem-se uns aos outros, e seu homem já prevê os toques que não falharão em soar. Quer comandar ele mesmo, pois imagina que quem conduz é ele, ignorando o fato de estar, em verdade, é sendo conduzido. E, quando diz: "Agora vem o toque que fará com que a torre desmorone, eu o quero", bem, é então que não se faz ouvir toque nenhum, e aparece por entre as nuvens um pedacinho azul de céu.

Ele pensa: "Tão grave a coisa não é. Poderia ser pior. Eu próprio poderia ter feito a torre desmoronar, pondo um fim à história." Mal sabe ele que aquele toque não poderia vir agora, porque o azul já foi esquecido, porque a impressão que o azul deixara em sua alma já fora apagada. E o toque não constitui por si próprio o objetivo. O objetivo é constituído tanto pelo azul como pelo toque de gongo: o azul quando se espera o toque, e o toque quando ele começa a perder-se novamente na contemplação do azul.

O homem na casa vazia volta a sentar-se.

E, quando o espectador vê o azul pela décima vez, cada vez a um intervalo menor, dizendo-se: "Sim, agora eu sei, trata-se de uma alternância perpétua de céu azul e nuvens", aí então é que soa o gongo. Ecoa pelo seu corpo e causa-lhe calafrios. O homem na casa silenciosa quer levantar-se, mas não o consegue. Não tem medo, mas a majestade desse toque de gongo paralisa-o. "Nessa eu não volto a cair", pensa, pronto para enfrentar o próximo toque, como acontece no circo, em que se aguardam outros disparos de pistola após ser detonado o primeiro.

Ledo engano o seu, pois aquele havia sido *o* toque.

Se se deseja terminar num céu azul, podem-se disparar ainda outros tiros, mas esses não passam de estertor, de uma liquidação, do derradeiro adejar das asas de um pássaro. Entretanto, se você próprio já está farto do céu azul, só então é que se põe um ponto final à história, e pronto.

Ele continua sentado ali quando já não há mais nada: nem toques de gongo, nem nuvens. E céu azul muito menos.

Fecha seu livro e vai embora, esquecendo-se de seu chapéu.

No caminho, pára um instante e resmunga: "Que história!". Volta-se mais uma vez para seguir então adiante, sonhador, e desaparecer no horizonte. A tensão do trágico tocou sua alma.

Na natureza, o trágico reside nos próprios acontecimentos. Na arte, reside mais no estilo que nos acontecimentos. Pode-se pintar um arenque de maneira trágica, ainda que o pobre peixe não tenha em si nada de trágico. Por outro lado, não basta dizer: "Morreu meu pobre pai" para atingir-se um efeito trágico.

Na música, o caráter abstrato do trágico evidencia-se ainda mais. As palavras de Goethe não fazem em nada ressaltar o trágico d'*O rei dos choupos* de Schubert, ainda que nele se estrangule uma criança. Muito pelo contrário: toda a questão do estrangulamento afasta a atenção do ritmo trágico.

O mesmo se dá na literatura, em que, além do mais, não se dispõe de uma escala de notas e se é obrigado a fazer uso de lastimáveis palavras. E, já que cada palavra evoca uma imagem, a sucessão delas acaba por formar um esqueleto sobre o qual se pode aplicar o estilo. Não é factível pintar-se sem uma superfície. O esqueleto, por si só, porém, é de importância secundária, pois o fato mais insignificante pode conduzir à mais alta tensão estilística. Toda a essência de Rodin reside não só numa das suas mãos, como também no grupo dos sete burgueses de Calais, e trata-se de um milagre o fato de ele ter logrado conservar essa tensão em cada um dos sete burgueses. Maior milagre é não se haver tratado de setenta em vez de sete. Um mesmo esqueleto-modelo será revestido de maneiras tão completamente diversas por temperamentos distintos que ninguém jamais suspeitaria que sob o produto final se encontra o mesmo esqueleto-padrão. O essencial consiste em poder trabalhar com uma matéria sobre a qual é possível, e prazeirosamente, dar livre curso ao ardor estilístico de cada um. Por isso é que se deveria deixar aos estudantes a escolha livre do assunto com que trabalhar em vez de obrigar os 57 pobres coitados a descrever, na mesma tarde, *A Primavera* ou *O Enterro de Mamãe*. E, caso um deles envie ao mestre uma carta na qual lhe diz a razão de sua recusa a redigir o texto no dia em questão, seja o assunto qual for, então a própria carta deveria fazer as vezes de redação.

O efeito que queremos fazer surtir deve corresponder ao estado de ânimo particular de cada um. Quem quer que se encontre num estado de espírito festivo não deve esforçar-se por criar um efeito de tragicidade. Isso só faz engendrar notas falsas, que arruínam o conjunto. A menos que o elemento de alacridade seja utilizado para enquadrar uma séria tensão. Nesse caso, porém, a alacridade deve possuir uma faceta singular, como o azul do céu. Desde a primeira *copla* — pois um livro nada mais é que um canto —, não se deve perder de vista o acorde final, que perpassa todo o relato, como o *Leitmotiv* numa sinfonia. O leitor deverá gradualmente sentir-se tomado pelo desassossego, de maneira que levante a gola do casaco e já pense no guarda-chuva enquanto o sol ainda está a pino.

Quem quer que se mantenha alerta, pensando na conclusão, evitará automaticamente a verborréia, pois estará sempre se indagando se cada um dos detalhes contribuirá à realização de seu objetivo. E, rapidamente, acabará descobrindo se cada página, cada oração, cada palavra, cada ponto e cada vírgula o aproximam ou afastam de seu objetivo, já que a neutralidade não existe na arte. O que for desnecessário deve ser deixado, e, onde lhe basta um personagem, será supérflua a multidão.

Na arte não se fazem experimentos. Não tente injuriar se não está enraivecido, não tente chorar se sua alma se encontra seca, não jubile enquanto não estiver repleto de alegria. Pode-se tentar assar um pão, mas criar, não. Tampouco se tenta dar à luz. Onde existe gravidez se dará à luz, no momento oportuno.

ELENCO DE PERSONAGENS

Frans Laarmans, escriturário na *General Marine and Shipbuilding Company* (Companhia de Construção de Navios e Reparos Navais em Geral), em seguida comerciante e, mais uma vez, escriturário.
A mãe de Laarmans (senil e moribunda).
Doutor Laarmans, irmão de Frans.
Senhor Van Schoonbeke, amigo do médico, culpado de tudo.
Hornstra, comerciante de queijos em Amsterdã.
Fine, esposa de Laarmans.
Jan e Ida, filhos do casal.
Senhora Peeters, uma vizinha que sofre do fígado.
Anna van der Tak,
Tuil,
Erfurt, } escriturários da companhia *General Marine*.
Bartherotte,
Boorman, consultor de homens de negócio.
O velho Piet, maquinista da companhia *General Marine*.
O jovem Van der Zijpen, que quer associar-se.
Amigos de Van Schoonbeke.

ELEMENTOS

Queijo, sonho queijeiro, filme queijeiro, empreendimento queijeiro, Dia do Queijo, Campanha do Queijo, minas queijeiras, mundo dos queijos, navio queijeiro, comércio de queijos, ramo de queijos, romance sobre queijos, comedores de queijo, queijeiros, bola de queijo, comerciante de queijos, truste queijeiro, dragão queijeiro, miséria de queijos, testamento queijeiro, fantasia queijeira, paredes de queijo, questões queijeiras, transporte de queijos, provação queijeira, torre queijeira, buracos no queijo.

Gafpa, *General Antwerp Feeding Products Association* (Associação Geral de Produtos Alimentícios de Antuérpia).

O porão do entreposto Blauwhoeden.

O escritório de Laarmans, munido de telefone, escrivaninha e máquina datilográfica.

Um tabuleiro de gamão.

Uma valise de vime.

Um grande depósito de queijos.

Um cemitério.

Queijo

I

Por fim volto a escrever-lhe, visto que estão prestes a sobrevir grandes fatos: tudo obra do senhor Van Schoonbeke.

Devo informá-lo de que mamãe faleceu.

Uma triste história, é certo, não somente para a própria, mas também para minhas irmãs, que por pouco não sucumbiram, combalidas pela vigília.

Era velha, muito velha. Posta uma margem de alguns anos, já não saberia mais precisar sua idade exata. Propriamente doente ela não estava; estava, sim, decrépita.

A mais velha de minhas irmãs, com quem mamãe vivia, era-lhe de um desvelo só. Demolhava-lhe o pão, cuidava de suas necessidades e dava-lhe batatas para descascar, atividade que a mantinha ocupada. Descascava horas a fio, como se para todo um regimento. Levávamos todos batatas à casa de minha irmã, às quais se acresciam as batatas da senhora do andar de cima, além das de uns outros tantos vizinhos, já que, certa vez em que lhe haviam dado um balde com batatas já descascadas a fim de que repetisse a operação, haja visto a escassez de provisões, dera-se conta do ludíbrio, dizendo, deveras, "mas estas aqui já estão descascadas".

Chegado o momento em que já não mais lograva descascar, pois olhos e mãos haviam deixado de colaborar entre si, minha irmã deu-lhe então, para que desfiasse, lã e paina de sumaúma que, amolgadas por ter-se dormido sobre elas, haviam-se convertido em caroços. Aquilo levantava muita poeira, e era felpo que não acabava mais a cobrir a própria mamãe dos pés à cabeça.

Assim se arrastavam os dias e as noites: dormitava, desfiava, dormitava, desfiava. E, entre uma atividade e outra, às vezes perpassava um sorriso, Deus saberá a endereço de quem.

De papai, falecido havia uns cinco anos, ela já não lembrava mais nada. Jamais existira, apesar dos nove filhos que haviam tido juntos.

Quando de minhas visitas, falava-lhe ocasionalmente sobre ele, numa tentativa de, assim, reavivar-lhe o espírito.

Perguntava-lhe então se realmente não se recordava de Krist — era assim que ele se chamara. Ela se esforçava penosamente para seguir o fio da meada. Parecia entender que se exigia dela o entendimento de algo, inclinando-se para frente no assento e fitando-me com uma expressão de agonia no rosto contorcido, as têmporas intumescidas, ao exemplo de uma lâmpada que se extinguisse com a ameaça de uma detonação à guisa de despedida.

Após um curto esforço em reafirmar-se, a centelha voltava a apagar-se, ao que mamãe abria aquele seu sorriso de atravessar o coração. Se eu perseverasse, amedrontava-se.

Não, o passado para ela não existia mais. Não queria saber de Krist algum, e dos filhos tampouco: só lhe interessava desfiar sumaúma.

Uma única questão desassossegava-lhe o espírito: o fato de que uma última e pouco vultosa hipoteca, que pesava sobre uma de suas casas, ainda não tinha sido saldada. Estaria ela tentando ainda ajuntar aquela soma irrisória?

Minha tão exemplar irmã falava sobre ela, em sua presença, como se de um terceiro que não estivesse ali:

— Comeu bem. Hoje deu muito trabalho.

Chegado o dia em que já não mais conseguia desfiar, deixava-se estar ali, largada, por um bom tempo, com as mãos arroxeadas e nodosas pousadas paralelamente no regaço, ou ainda arranhando o assento horas a fio como efeito retardado da atividade desfiatória. Já não distinguia o ontem do amanhã. Ambos só se lhe afiguravam como um "não-agora". Resultaria isso do fato de que sua visão se debilitara ou de estar entregue ao assédio de espíritos malignos? Fosse como fosse, já não sabia se era dia ou noite; levantava-se na hora de deitar-se, dormia quando deveria falar.

Se se amparava em paredes e móveis, ainda lograva dar alguns passos. De noite, enquanto todos dormiam, arrastava-se até seu assento e punha-se a desfiar painas de sumaúma imaginárias, ou ainda vasculhava a casa até que encontrasse o moedor, como se intencionasse preparar café para um conviva qualquer.

Além do eterno chapéu preto sobre a cabeleira grisalha, até mesmo de noite, como se pronta para um passeio. Você acredita em bruxaria?

Até que, certo dia, finalmente, foi deitar-se, deixando, resignada, que lhe tirassem o chapéu: foi quando eu soube que não voltaria a levantar-se.

II

Naquela noite, até as doze badaladas, eu estivera no Três Rainhas jogando cartas, tendo bebido umas quatro cervejas *pale-ales*, de maneira que nada mais me impediria de passar o restante da noite dormindo um sono ininterrupto.

Tentei despir-me da maneira mais silenciosa possível, pois minha esposa já há muito fora deitar-se e eu queria poupar-me as costumeiras reclamações.

Equilibrando-me sobre uma das pernas para tirar a primeira das meias, porém, caí, dando contra a mesa-de-cabeceira, ao que ela despertou com um sobressalto. O protesto não tardou em vir:

— Não tem vergonha na cara? — começou.

No mesmo momento, ecoou no silêncio da casa o toque da campainha, fazendo com que minha esposa se soerguesse, sentando-se esticada na cama.

Toques de campainha noturnos soam imponentes.

Aguardamos até que o eco esmorecesse no vão da escada, eu com o coração na garganta, segurando o pé direito.

— Quem será? — sussurrou minha esposa. — Olhe pela janela você, que ainda está com alguma roupa.

Costumava dar-se o contrário, mas aquele toque de campainha a sobressaltara sobremaneira.

— Se você não for logo ver quem é, vou eu — ameaçou.

Mas eu bem sabia de que se tratava. Que mais poderia ser?

Vi, do lado de fora de nossa porta, uma sombra que gritava, intitulando-se Oscar e incitando-me a seguir com ele imediatamente para ver mamãe. Oscar é um de meus cunhados, uma figura imprescindível em momentos como aquele.

Disse à minha esposa de que se tratava, voltei a vestir minhas roupas e fui abrir a porta.

— Não passa desta noite — garantiu meu cunhado. — Já começou a estertorar. E veja se veste um cachecol, porque está fazendo frio.

Obedeci, seguindo com ele.

A noite estava clara e silenciosa. Apertamos o passo como dois trabalhadores noturnos que houvessem perdido a hora do turno.

Chegando à casa, estendi o braço automaticamente para tocar a campainha, mas fui detido por Oscar, que me perguntou se havia enlouquecido, batendo levemente na frincha da porta por onde se metia a correspondência.

Quem nos deixou entrar foi uma sobrinha minha, filha de Oscar. Fechou a porta inaudivelmente atrás de nós, dizendo que eu subisse, o que me aprontei em fazer, seguindo no encalço de Oscar. Havia tirado o chapéu, contrariamente a meu costume sempre que ia ver mamãe.

Meu irmão, minhas três irmãs e a senhora do andar de cima estavam reunidos na cozinha, sentados, ao lado do aposento em que ela sem dúvida ainda se encontrava. Afinal, onde mais poderia estar?

Uma freira já de idade, outra de nossas primas, surgiu na ponta dos pés do quarto da moribunda para lá voltar a entrar.

Todos ali me fitavam com um olhar de censura, e um deles me deu as boas-vindas, sussurrando entre os dentes.

Indaguei-me se deveria sentar-me ou permanecer de pé.

Se permanecesse de pé, daria a impressão de querer partir sob o menor pretexto. Sentando-me, era como se aceitasse a concorrência dos fatos pacificamente, incluída aí a morte de mamãe. Uma vez, porém, que todos estavam sentados, puxei também eu uma cadeira, sentando-me algo apartado, além do raio formado pelo halo da lâmpada.

Pairava no ar uma tensão incomum. Talvez por haverem parado os ponteiros do relógio.

Fazia um calor dos diabos na cozinha. Somando-se a isso, todo aquele grupo de mulheres de olhos inchados, como se tivessem estado descascando cebolas.

Não sabia o que dizer.

Perguntar sobre o estado de mamãe estava fora de cogitação, já que todos nós sabíamos que as cordas que a atavam à vida já se estavam soltando.

Optar por chorar seria a melhor pedida, mas como começar? Soltando um soluço repentino? Ou apanhando meu lenço de bolso, levando-o aos olhos, rasos de lágrimas ou não?

A infeliz *pale-ale* somente agora começava a surtir efeito, seguramente dado o calor que reinava na cozinha exígua, de maneira que eu começava a suar em bicas.

Levantei-me, à guisa de iniciativa.

— Vá dar uma olhada — disse meu irmão, que era médico.

Falava num tom de voz normal, não demasiado elevado, mas sua voz ecoou tão nítida e incisiva que tive certeza absoluta de que minha excursão noturna não teria sido em vão.

Segui o conselho, receoso de sentir-me indisposto com a cerveja consumida, o calor e a atmosfera que reinava na cozinha. Caso isso se desse, iriam atribuir meu mal-estar à comoção geral, mas imagine você se eu começasse a vomitar.

Ali o ambiente estava mais fresco, e o quarto quase totalmente escurecido, o que me foi um alívio.

Sobre a mesa-de-cabeceira, queimava uma vela solitária, que não iluminava mamãe, elevado como era o leito em que se encontrava, de maneira que não tive de confrontar-me com a visão de sua agonia de morte. Nossa prima, a freira, estava sentada rezando.

Já estava havia algum tempo parado ali, quando meu irmão também entrou no aposento, tomando a vela em mãos e elevando-a, como se numa procissão de fogaréus, para iluminar mamãe.

Devia ter visto algo, pois caminhou até a porta da cozinha, solicitando a todos os presentes que acudissem.

Ouvi um arrastar de cadeiras, ao que todos apareceram.

Minha irmã mais velha anunciou o fim da agonia, mas a freira contradisse-a, informando que a moribunda ainda não havia vertido as duas derradeiras lágrimas. Estaria realmente esperando que mamãe as vertesse?

Aquilo se estendeu por mais uma hora — e eu ainda às voltas com a tal cerveja —, mas, então, foi declarada sua morte.

E com razão, visto que as exortações em meu foro íntimo de que se erguesse, endireitando-se na cama para fazer dispersar, com seu tão temido sorriso, toda aquela chusma de gente, não surtissem qualquer efeito. Não havia erro: estava tão imóvel como só um morto o poderia estar.

O processo efetuara-se rapidamente: por pouco eu não deixara de presenciá-lo.

Enregelei-me todo quando teve início o coro feminino a prantear sua morte, no qual não logrei fazer valer minha voz.

Onde é que iam buscar tantas lágrimas — e não eram as primeiras que vertiam, eu bem o via em seus rostos? Meu irmão felizmente tampouco chorava. Mas ele era médico, e é sabido que médicos não se comovem em tais circunstâncias; mesmo assim, não deixava de constranger-me.

Tentei remediar a situação, abraçando as mulheres e pegando a mão de mamãe vigorosamente entre as minhas. Parecia-me estranho demais o fato de ter estado viva logo antes, e agora morta.

De repente, minhas irmãs cessaram o choro a fim de ir buscar água, sabão e toalhas para dar início à ablução.

O efeito da cerveja havia no meio-tempo cessado de todo, o que vinha a provar que minha comoção era, no mínimo, tão intensa como a dos demais.

Fui sentar-me novamente na cozinha até que a preparação do corpo fosse concluída, quando fomos então chamados para junto do leito.

Naquele curto ínterim, haviam executado um senhor trabalho: o precioso corpo inânime de mamãe tinha, na verdade, um aspecto melhor do que o tivera em vida quando ria sozinha, encarniçada na tarefa de descascar batatas ou desfiar painas de sumaúma.

— A titia está realmente linda — disse nossa prima, a freira, com um olhar de satisfação voltado para a cama e mamãe.

E deve saber do que fala, já que é da congregação das irmãs *Zwart* de Lier, do gênero das que, desde jovens até a velhice, são enviadas de um enfermo a outro e, por conseguinte, vêem mortos a todo momento.

Em seguida, minha jovem sobrinha preparou café, que as mulheres haviam feito por merecer, e Oscar recebeu a autorização de confiar os cuidados do enterro a um de seus amigos, que, pelo que contava, era, no mínimo, tão bom e barato como qualquer outro.

— Como queira, Oscar — disse minha irmã mais velha com um gesto cansado, denotando seu completo desinteresse por questões financeiras.

Dei-me conta de que a reunião chegava ao fim, mas não me atrevia a partir, dado que havia sido o último a chegar.

Uma de minhas irmãs bocejou, enquanto ainda vertia um par de lágrimas. Foi quando meu irmão vestiu o chapéu e, após dar ainda a todos um aperto de mãos, partiu.

— Vou-me embora com Karel — disse então eu.

Acho que eram as primeiras palavras que eu pronunciava. Deixaria, com elas, a impressão de que partia em consideração a Karel; afinal, não teria até mesmo um médico necessidade de um consolador?

Assim foi que deixei a casa.

Já eram três da manhã quando me vi novamente no nosso quarto, segurando o pé com as mãos como antes, enquanto tirava a primeira das meias. Despenquei sobre a cama, transido de sono, e, para poupar-me a narrativa dos fatos, disse a minha esposa que o estado permanecia inalterado.

Não há muito o que relatar com respeito ao funeral. Decorreu normalmente, e não o mencionaria, tampouco como aos fatos envolvendo a morte de mamãe, não fosse porque, em seu decurso, conheci o senhor Van Schoonbeke.

Seguindo o costume, lá estávamos eu próprio, meu irmão, meus cunhados e quatro primos num semicírculo ao redor do féretro, antes que esse fosse levado. Parentes mais distantes, amigos e conhecidos fizeram então sua entrada, passando por cada um de nós com palavras de condolência sussurradas e um aperto de mãos, ou ainda com um olhar fixo e incisivo. Muitos eram os que haviam comparecido; demasiados, diria, pois o ritual não tinha mais fim.

Minha esposa havia-me cingido o braço com um fumo de luto, visto que eu concordara com meu irmão em não envergarmos ternos escuros — que ainda deveríamos mandar fazer —, já que de tão pouco nos serviriam passado o enterro. Mas a miserável fita estava, sem sombra de dúvida, larga demais, pois só fazia escorregar-me pelo braço. A cada três ou quatro apertos de mão, via-me obrigado a voltá-la para o devido lugar.

Foi quando apareceu também o senhor Van Schoonbeke, não só paciente, como amigo de meu irmão. Fez como os demais haviam feito antes dele, mas com maior elegância e mais modestamente. Um homem cosmopolita, bem se via.

Acompanhou o cortejo até a igreja e o cemitério e, finda a cerimônia, entrou com meu irmão em um dos veículos, onde lhe fui apresentado. Convidou-me para fazer-lhe uma visita. E assim foi.

III

O senhor Van Schoonbeke pertence a uma família rica e abastada. Solteiro, vive sozinho numa casa grande, situada em uma das nossas mais belas ruas.

Dinheiro ele tem em abundância, e seus amigos também. Em seu círculo se encontram sobretudo juízes, advogados, comerciantes em exercício de sua função ou já afastados dela. Cada um dos membros desse grupo possui ao menos *um* carro, exceção feita ao próprio Van Schoonbeke, a meu irmão e a mim mesmo. O senhor Van Schoonbeke, porém, *poderia* possuir um carro se assim desejasse, e ninguém sabe disso melhor que seus próprios amigos. Vêem na questão uma peculiaridade do amigo e, por vezes, dizem "Que figura, esse Albert!".

Com meu irmão e eu, a questão já é outra.

Na condição de médico, meu irmão não tem uma única razão plausível que justifique o fato de não possuir um carro, ainda mais por andar de bicicleta, o que deixa claro que o veículo viria muito a calhar em sua vida. Mas, para nós, os bárbaros, o médico tem o estatuto de santo, alinhando-se ao lado do padre. O título de médico confere-lhe um lugar relativamente seguro na sociedade, mesmo sem a posse de um carro, já que, no meio ao qual pertence, o senhor Van Schoonbeke na realidade não deveria aceitar relacionar-se com pessoas desprovidas de dinheiro ou títulos.

Quando seus amigos entram em casa e o encontram com algum desconhecido, então o senhor Van Schoonbeke trata de apresentar o novato de uma maneira tal que leve seus amigos a crer que o homem em questão é possuidor de ao menos o dobro dos atributos que seus olhos nele enxergam. Um chefe de departamento é apresentado como diretor, e um coronel vestido à paisana, como general.

O meu caso já foi mais difícil.

Você sabe que sou escriturário junto à *General Marine and Shipbuilding Company*, de maneira que ele não tinha por onde se agarrar. Ser escriturário não é nada venerável. Encontra-se sozinho e desamparado no mundo.

Dois segundos apenas foi o tempo necessário para que ele refletisse, apresentando-me como "o senhor Laarmans dos estaleiros".

O nome inglês de nossa firma ele acha demasiado longo para aprender de cor, além de muito pouco preciso.

Sabe, ademais, que, na cidade inteira, não existe firma grande em que um de seus amigos não conheça alguém que lhe dê de imediato a ficha completa do sujeito, podendo informá-lo de minha irrisória condição social. "Escriturário" é uma palavra que jamais lhe ocorreria proferir, pois assinaria, assim, meu atestado de óbito. Dali por diante, deveria eu próprio ver como me arranjaria. Com o respaldo daquela "couraça", cimentava meu estatuto; mais que isso não poderia fazer.

— De maneira que o senhor é engenheiro — quis saber um homem com coroas de ouro, sentado a meu lado.

— Inspetor — aprontou-se em rebater meu amigo Van Schoonbeke, ciente de que o título de engenheiro pressupõe uma certa educação acadêmica e especializada, muitos conhecimentos técnicos e um diploma. Assim fizera para poupar-me dificuldades, que não deixariam de advir da primeira conversa.

Eu próprio me pus a rir a fim de fazer crer na existência de algum segredo na questão, o qual porventura seria revelado chegado o momento.

Observaram sorrateiramente o terno que eu envergava — felizmente ainda quase novo e, assim sendo, ainda apresentável, embora seu corte fosse tudo menos fino —, para, em seguida, relegarem-me a um canto.

Falaram primeiramente sobre a Itália, onde eu jamais havia estado, levando-me a viajar com eles, no colóquio, pela terra de Mignon: Veneza, Milão, Florença, Roma, Nápoles, Vesúvio e Pompéia. Já acontecera de eu ler a respeito, mas a Itália jamais deixara de ser para mim apenas um ponto no mapa, de maneira que me calei. Não se falou dos tesouros artísticos, mas as mulheres italianas eram belíssimas e fogosas.

Cansando-se do assunto, puseram-se a discutir a difícil situação dos proprietários. Várias casas encontravam-se vazias, e todos certificaram que seus inquilinos não pagavam regularmente. Quis protestar, não em nome de meus inquilinos, já que não os tenho, mas sim porque até o presente dia sempre pagara dentro dos prazos; eles, porém, já haviam passado a falar de seus carros: carros de quatro ou seis cilindradas, preços de oficinas, gasolina e óleo lubrificante; assuntos sobre que eu não posso opinar.

Puseram-se então a passar em revista os acontecimentos da semana anterior no seio de famílias dignas de nota.

— O filho do Gevers se casou com a filha do Lagrelle — disse um deles.

Não se falou do fato em tom de comunicação, visto que todos já estavam a par, salvo eu próprio, que jamais ouvira falar do noivo ou da noiva: tratava-se mais de um ponto na pauta do dia sobre o qual se votaria. Os presentes então aprovam ou desaprovam as núpcias, tendo como atenção todas as vezes, repetindo "desculpe, Laarmans", passaram então primeiro a buscar meu amigo Van Schoonbeke com o olhar e a dizer-lhe, na minha presença, "o seu amigo afirma que os liberais...". Só então olham em minha direção, de maneira que a enunciação de meu nome se tornou supérflua. Dizendo "o seu amigo" é como se dissessem "o tal do Schoonbeke começa a ter umas amizades muito curiosas".

Na verdade, acham até mesmo melhor que eu me cale de todo, pois não há vez em que eu fale sem que pelo menos um deles se engaje em um palavrório sem fim. Por polidez perante o anfitrião, um dos convivas dá-me uma sinopse de uma celebridade local qualquer — nascimento, juventude, estudos, casamento e carreira — sendo que na noite em questão só teriam querido mesmo era comentar o seu enterro.

Também não suporto restaurantes.

— Na semana passada eu comi uma galinha-d'angola com a minha esposa no *Troix Perdrix*, em Dijon.

Por que ele põe a mulher no meio da história é algo que eu não entendo.

— Ou seja, uma escapada com a sua esposa legítima, meu rapaz — diz um outro.

Foi quando começam a citar entre si nomes de restaurantes, não só na Bélgica, mas também no estrangeiro, e em locais longíquos.

parâmetro o fato de as duas partes concubinarem-se com o aporte de fortunas iguais ou não.

Todos são da mesma opinião, de maneira que não perdem tempo discutindo. Cada um deles só faz expressar as idéias do grupo.

— Quer dizer que o Delafaille saiu do cargo de presidente da Câmara de Comércio.

Nunca ouvira falar do sujeito, mas eles todos não só sabiam de suas existência e demissão, como conheciam os motivos por trás do caso: desgraça oficial por falência, uma doença misteriosa qualquer, um escândalo envolvendo a mulher ou a filha, ou talvez ainda fastídio em exercer o cargo.

O *journal parlé* ocupava a maior parte do sarau, constituindo para mim os momentos mais vexantes, pois tinha de restringir-me a assentir, rir ou franzir as sobrancelhas.

Pois é, vivo num medo constante, que me faz suar mais que quando da morte de mamãe. Você se lembra de quanto eu sofri então? Mas, pelo menos, durou só uma noite, enquanto que o sarau na casa de Van Schoonbeke se repete toda semana, além de que, haja suor!, transpiro e sei que vou transpirar ainda mais pelo que está por vir.

Visto que, fora do lar do meu amigo, não nos freqüentamos, os demais não conseguem se lembrar de meu nome, tendo-me dado no começo nomes que pouco se pareciam com o meu. E, por não poder chamar-lhes a

Da primeira vez — eu ainda não me sentia tão acanhado —, vi-me na obrigação de mencionar eu também algum restaurante, nomeadamente em Duinkerken. Um amigo dos tempos de escola havia-me dito anos antes ter comido lá durante a sua lua-de-mel. Eu tinha memorizado o nome por se tratar também do nome de um famoso corsário.

Guardava esse meu trunfo para o momento propício.

Mas eles já falavam de Saulieu, Dijon, Grenoble, Digne e Grasse, e, pelo que tudo indicava, levariam a conversa para mais adiante, rumo a Nice e Monte Carlo, de maneira que eu dificilmente poderia fazer menção de Duinkerken. Daria a impressão de alguém que viesse falar de Tilburg enquanto os demais enunciavam nomes de restaurantes na Riviera.

— Acredite se quiser, mas, na semana passada, comi em Rouen, no *Vieille Horloge*, entradas variadas, lagosta, uma meia porção de frango com trufas, queijo e sobremesa por apenas trinta francos — comentou alguém.

— Será que a tal da lagosta não passaria de caranguejo japonês enlatado? — perguntou outro alguém.

— E as trufas, próstata fatiada?

Rouen não ficava muito longe de Duinkerken, e a ocasião era das mais propícias. Aproveitei o primeiro silêncio para dizer:

— O *Jean-Bart* em Duinkerken também é excelente.

Apesar de haver-me preparado tanto, assustei-me com minha própria voz.

Abaixei o olhar, esperando o efeito surtido.

Por sorte não acrescentara ainda ter estado lá uma semana antes, pois um deles apressou-se em dizer que o *Jean-Bart* já não existia havia aproximadamente três anos, tendo-se convertido numa sala de cinema.

É, quanto mais eu falar, mais eles se darão conta de que eu não só não tenho carro algum, como jamais virei a ter. De maneira que a melhor pedida seria calar-me, porque eles haviam começado a manter em mim um olhar alerta, indagando-se o que dera em Van Schoonbeke para abrir-me as portas de sua casa. Não fosse por meu irmão, a quem Van Schoonbeke por vezes envia pacientes, já teria mandado todo o grupo havia muito para o quinto dos infernos.

A cada semana que se passava ia ficando mais e mais claro que o meu amigo tinha em mim um protegido, o que não poderia perdurar mais muito. Foi então que me perguntou, na última quarta-feira, se eu não teria interesse em ser o representante na Bélgica de uma grande empresa holandesa. Tratava-se de pessoas muito empreendedoras, para as quais acabava de ganhar um processo. A posição poderia ser minha assim que eu quisesse.

Bastava sua indicação, que ele daria com grande prazer. Não necessitaria de dinheiro algum.

— Pense bem no assunto — sugeriu. — Poderá ganhar muito dinheiro. É talhado para a posição.

Isso me soou um pouco como um atrevimento de sua parte, pois acho que ninguém deve achar-me talhado para o que quer que seja sem que eu mesmo tenha chegado antes a essa conclusão. Mas não deixava de ser uma atitude simpática a de me permitir desenvergar os meus simples trajes de escriturário junto à *General Marine and Shipbuilding Company*, sem que me impusesse quaisquer condições, para tornar-me comerciante assim do nada. Seus amigos não deixariam então de perder pelo menos cinqüenta por cento de sua presunção, com o seu dinheiro sempre tão medido!

Perguntei-lhe então em que ramo seus amigos exerciam comércio.

— No ramo de queijos — disse meu amigo. — É sempre rentável, porque as pessoas não deixam de comer.

IV

No bonde, a caminho de casa, já me sentia um homem totalmente diferente.

Você sabe que já estou quase na casa dos cinqüenta e que meus trinta anos de serviço imprimiram em mim sua marca.

Escriturários são menos, muito menos conceituados que trabalhadores que, colaborando entre si e por meio de rebeliões, acabam por impor certo respeito. Parece que na Rússia se tornaram até mesmo os senhores. Se assim é, fizeram por merecer, em minha opinião. Aliás, diz-se que pagaram o preço com o próprio sangue. Mas os escriturários são em geral pouco especializados e a tal ponto substituíveis que até mesmo um homem com uma larga experiência acaba recebendo, na primeira oportunidade, ao completar cinqüenta anos, um chute no seu traseiro de funcionário fiel para ser trocado por outro, tão bom como ele mas mais barato.

Na ciência disso e por ser um pai de família, evito, precavido, melindrar quaisquer desconhecidos, pois pode tratar-se de amigos de meu patrão. De maneira que deixo que me empurrem no bonde, reagindo com cautela se me pisam no pé.

Mas, na noite em questão, já não me importava com nada. Afinal, o meu sonho queijeiro não estava prestes a realizar-se?

Sentia que meu olhar já começava a tornar-se fixo: enfiei as mãos nos bolsos das calças com uma desenvoltura que me teria sido totalmente estranha meia hora antes.

Chegando em casa, dirigi-me à mesa com a naturalidade habitual e pus-me a comer sem soltar uma palavra sequer sobre os novos horizontes que se me abriam; ri à socapa quando vi minha esposa passar a manteiga no pão e cortá-lo com a parcimônia costumeira. Pois é, ela nem suspeitava que no dia seguinte poderia tornar-se a mulher de um comerciante.

Comi como sempre comia: nem mais que de costume nem menos; nem mais apressadamente nem mais devagar. Em resumo: comi como o faz alguém resignado em relação ao fato de que terá de complementar a sua servidão de trinta anos junto à *General Marine and Shipbuilding Company* com mais uma quantidade indeterminada de anos.

Minha esposa, porém, perguntou o que eu tinha.

— O que é que poderia ter? — rebati, ao que me pus a verificar os deveres de casa de meus filhos.

Descobri um erro crasso num particípio passado do francês e o corrigi com tal graça, com tal afabilidade, que meu filho me lançou um olhar de surpresa.

— Por que essa cara, Jan? — perguntei.

— Sei lá — riu o rapazinho, com um olhar de entendimento mútuo na direção de minha esposa.

De maneira que ele também parecia ter-se dado conta de algo. E eu que imaginava conseguir ocultar meus sentimentos com maestria! Isso era algo que eu deveria tratar de aprender a fazer, pré-requisito no mundo do comércio. Se meu rosto era com efeito um livro aberto, então suponho que, muitas vezes, durante o *journal parlé*, podia-se ler nele a locução "banho de sangue".

Considero o leito conjugal como sendo o lugar que mais se presta à discussão de assuntos graves. Ali, pelo menos, está-se a sós com sua mulher. As cobertas abafam as vozes, a escuridão nos incita à reflexão, e, por não se poder ver um ao outro, nenhuma das duas partes se deixa influenciar pela comoção do interlocutor. É o lugar em que se fazem comunicações que não se ousam muito bem fazer num cara-a-cara: foi onde eu, deitado confortavelmente sobre meu lado direito, após uma pausa introdutória, disse à minha esposa que me tornaria comerciante.

Visto que havia anos só ouvia confissões de teor insignificante, minha esposa fez-me repetir o que tinha dito, esperando uma explicação mais pormenorizada, que lhe dei calmamente, em termos claros e, ousaria até mesmo dizer, "objetivos". No espaço de cinco minutos, forneci-lhe uma sinopse quanto aos amigos de Van Schoonbeke e sua tendência involuntária a diminuir terceiros, e contei sobre a proposta que meu amigo me fizera antes de despachar-me para casa.

Minha esposa ouvia atentamente — imóvel na cama como estava —, sem virar de lado ou pigarrear. Ante meu silêncio, perguntou-me o que pretendia fazer e se estava disposto a abandonar minha função junto à *General Marine and Shipbuilding Company*.

— Estou — disse inopinadamente. — Não tenho outra escolha. Ser escriturário e trabalhar por conta própria são coisas inconciliáveis, não acha? Chegou a hora da grande decisão.

— E à noite? — ouvi-a perguntar após uma nova pausa.

— À noite fica escuro — disse.

Havia ferido seus sentimentos, a cama rangeu, e minha esposa virou de lado, como se mandando-me aos infernos com meu futuro título de comerciante. De maneira que eu próprio tive de quebrar o silêncio.

— À noite o quê? — disse, num tom ríspido.

— Por que não trabalha no comércio na parte da noite? — insistiu. — De que tipo de comércio se trata?

Tive então que confessar que se tratava de queijo.

É estranho, mas eu via algo de ridículo e repulsivo no artigo em questão. Teria preferido trabalhar com outros produtos como por exemplo lâmpadas ou bulbos, artigos essencialmente holandeses. Até mesmo arenque — mas, de preferência, dos secos — eu venderia com mais entusiasmo do que o faria com queijo. Mas a tal firma para além de Moerdijk não poderia mudar de produto só por vontade minha.

— Que produto mais estranho, não? — perguntei.

Minha esposa, porém, parecia ter outra opinião.

— O ramo de queijos é sempre rentável — disse ela, usando as mesmas palavras de Van Schoonbeke.

Seu encorajamento animou-me, e disse-lhe que mandaria a *General Marine and Shipbuilding Company* no dia seguinte para o quinto dos infernos. Eu queria ainda passar pelo escritório para despedir-me de meus colegas de trabalho.

— Você deveria é começar solicitando a representação — disse minha esposa. — Aí então você vê o que faz. Parece obcecado.

Sua última observação pareceu-me desrespeitosa para com um homem de negócios, mas o conselho era bom. Aliás, eu mesmo poderia tê-lo dado, ainda que nem por isso o seguisse efetivamente. Na condição de pai de família, deve-se ser duplamente precavido.

No dia seguinte, fui pedir a meu amigo Van Schoonbeke nome e endereço, além da carta de recomendação. Na noite do mesmo dia, escrevi uma bela e objetiva carta que enviaria a Amsterdã, uma das melhores cartas que jamais escrevera. Fui despachá-la eu mesmo, pois incumbências desse gênero não podem ser confiadas a terceiros, nem mesmo a nossos próprios filhos.

A resposta não tardou. Chegou na forma de telegrama, tão rapidamente que levei um susto: "Esperamos o senhor amanhã onze horas escritório matriz Amsterdã. Reembolsamos despesas viagem."

Deveria encontrar alguma desculpa para não ter que ir trabalhar no dia seguinte, e minha esposa sugeriu um enterro. Mas isso não me agradou, já que eu havia ficado em casa havia pouco por conta do enterro de mamãe. Não se pode deixar de ir trabalhar por causa da morte de um parente qualquer, ou, pelo menos, não por um dia inteiro.

— Diga então que está doente — disse minha esposa. — Você já pode antecipar o fato hoje mesmo. Gripe é o que não falta nesse momento na cidade.

Passei então a jornada de trabalho com a cabeça entre as mãos. Amanhã vou a Amsterdã conhecer a firma Hornstra.

V

O filme queijeiro desenrola-se diante de meus olhos.

Hornstra empregou-me como representante na Bélgica e no Grão-Ducado de Luxemburgo.

— Representante oficial — diz ele, ainda que eu não entenda ao certo o que isso significa.

O Grão-Ducado ele me deu de brinde, como se o título inicial pecasse por falta de imponência. Está certo que se encontra a uma boa distância de Antuérpia, mas, pelo menos, acabo conhecendo aquelas paragens montanhosas. E, assim que se apresentar a primeira ocasião, será a minha vez de aparecer durante os saraus de Van Schoonbeke com nomes de restaurantes em Echternach, Diekirch e Vianden.

A viagem foi bastante agradável. Por saber que Hornstra reembolsaria as despesas, viajei de segunda, e não de terceira classe. Posteriormente, vim a saber que esperavam de mim era que viesse de primeira. Ocorreu-me também tarde demais que poderia ter viajado de terceira, enfiando a diferença em meu próprio bolso. Mas isso não teria sido correto, principalmente em se tratando de um primeiro encontro.

Estava tão entusiasmado que não pude ficar cinco minutos sentado em meu lugar, e, quando o funcionário da alfândega me perguntou se tinha algo a declarar, despejei um: "pois claro que não!", ao que ele me disse que "pois claro que não" não era resposta, que eu deveria simplesmente dizer "sim" ou "não". Logo me dei conta de que se tem de tomar cuidado com o que se diz aos holandeses, o que vi confirmado durante o colóquio com Hornstra, pois esse não dizia uma palavra a mais ou a menos: em meia hora me havia pago e despachado dali, ao que me encontrei de novo na rua com o contrato em mãos. A carta de meu amigo Van Schoonbeke havia sido decisiva já que, por mais que eu falasse de minhas qualidades inatas, Hornstra não me ouvia. Tendo dobrado e guardado a carta, perguntou-me se tinha uma idéia do montante do capital que conseguiria fazer girar.

Pergunta complicada. Quanto queijo holandês se consome anualmente na Bélgica e sobre que percentagem desse total eu conseguiria pôr as mãos? Não fazia a menor idéia. A movimentação de capital a que ele aludia deveria dar-se num curto espaço de tempo?

A larga experiência que eu tinha junto à *General Marine and Shipbuilding Company* não queria ajudar-me a encontrar uma resposta à pergunta, e eu sentia que citar números aleatórios não seria uma boa pedida.

— Mais vale precaver, começando com números modestos — disse de repente Hornstra, que teria considerado demasiado longo meu silêncio. — Envio-lhe na semana que vem vinte toneladas de edam cremoso na nossa nova embalagem patenteada. Conforme você for vendendo, vou repondo o estoque.

Apresentou então o contrato para que eu assinasse, cujos termos assim se resumem: sou seu representante em troca de cinco por cento do preço de venda, um salário fixo de trezentos florins e reembolso de custos de locomoção.

Uma vez assinado o contrato, tocou a campainha interna, ergueu-se e estendeu-me a mão. Antes que eu houvesse saído de vez do escritório, o lugar em que eu sentara já tinha sido tomado por outro visitante.

Chegando do lado de fora, parecia um louco, contendo-me com dificuldade para não sair cantando, a exemplo de Fausto, *"à moi les désirs, à moi les maîtresses"*.

Trezentos florins por mês eram mais que o dobro de meu salário junto à *General Marine and Shipbuilding Company*, onde há muito já chegara ao salário máximo na função, de maneira que já esperava havia alguns anos a primeira diminuição de minhas remunerações. Isso porque, em nosso estaleiro, vai-se de zero a cem para depois voltar-se a zero.

Sem se falar no reembolso das despesas de locomoção! Não havia ainda nem chegado ao final da rua quando me dei conta de que nossas viagens seriam doravante por conta de Hornstra. Assim, em Dinant ou La Roche, tudo o que precisaria fazer seria entrar em alguma queijaria rapidamente, de noite.

De Amsterdã poderia dizer que não me lembro de nada, pois o pouco que vi, vi-o num estado de euforia. Tive de ouvir posteriormente de terceiros que há inúmeros ciclistas e inúmeras tabacarias na cidade, e que a Kalverstraar é longuíssima, estreita e abarrotada de gente. Mal me permiti o luxo de jantar ali, tomando o primeiro trem de volta à Bélgica, tanta pressa eu tinha de contar as boas novas ao senhor Van Schoonbeke e à minha esposa.

A viagem de volta parecia não ter mais fim. No número dos passageiros, aparentemente havia também alguns homens de negócio, pois dois deles viajavam absortos em dossiês. Um dentre eles fazia até anotações à margem com uma caneta-tinteiro em ouro. Eu também deveria tratar de adquirir uma caneta dessas, pois seria inconveniente pedir volta e meia caneta e tinta a meus clientes para anotar seus pedidos.

Não se podia excluir a possibilidade de que o tal homem também trabalhasse no ramo de queijos. Olhei de relance para suas maletas de mão no compartimento de bagagem, sem maiores resultados.

Tratava-se de um homem finamente vestido em pano de linho impecável, usava meias de seda e um pincenê dourado. Queijo ou não?

Ficar calado até chegar a Antuérpia seria impossível. Teria estourado. Tinha de falar, ou cantar. Já que não era possível cantar no trem, aproveitei a parada em Roterdã para dizer que a situação econômica na Bélgica parecia andar melhor.

O homem cravou em mim um olhar fixo, como se fizesse uso da superfície de meu rosto para fazer contas de multiplicação. Soltou então uma exclamação curta numa língua desconhecida. O que mais esperar de homens de negócio?

A sorte quis que se tratasse de uma quarta-feira e que eu chegasse por volta das cinco. Visto que o falatório semanal na casa de Van Schoonbeke tinha lugar às quartas-feiras por volta das seis, rumei diretamente para lá a fim de informar seus amigos quanto a minha promoção social.

Que lástima mamãe não ter vivido para ver!

Para Van Schoonbeke, de qualquer maneira, seria um alívio que o tal do escriturário da *General Marine and Shipbuilding Company* fosse coisa do passado.

A caminho, deixei-me ficar parado contemplando a vitrine de uma queijaria. Sob a luz forte de um conjunto de lâmpadas, viam-se, lado a lado ou amontoados, queijos de todos tamanhos, formas e procedências. Tinham confluído para ali, provindos de todos os estados vizinhos.

Os gruyères gigantescos faziam as vezes de base, sobre a qual se viam cheshires, goudas, edams e um sem-número de gêneros de queijo que me eram absolutamente desconhecidos. Dentre os maiores, alguns tinham o ventre aberto por meio de talas, desnudando suas vísceras. Os roqueforts e gorgonzolas davam-se grandes ares em meio à volúpia de suas massas cobertas de fungo verde, e um esquadrão de camemberts deixavam correr solto seu pus.

Vindo de dentro da loja, chegou-me ao nariz um bafo de podridão que, porém, ia diminuindo de intensidade enquanto eu permanecia ali.

Não queria sucumbir àquele fedor: iria embora somente quando eu mesmo achasse que deveria fazê-lo. Um homem de negócios deve ser tão calejado como um explorador dos pólos.

— Cheirem tão mal quanto quiserem! — disse, num tom provocador.

Se tivesse um açoite em mãos, não os pouparia.

— Pois é, meu senhor, é insuportável — rebateu uma dama ao meu lado, que eu não havia visto aproximar-se.

Também tenho que largar esse hábito de pensar em voz alta em lugares públicos, pois não era a primeira vez que eu assustava alguém. Na condição de escriturário anônimo, pouco importa, mas como homem de negócios as coisas mudam de aspecto.

Despachei-me para a casa de meu amigo Van Schoonbeke, que me cumprimentou por meu êxito, apresentando-me a seus amigos como se o fizesse pela primeira vez.

— O senhor Laarmans, negociante atacadista em gêneros alimentícios — disse, ao que me serviu um copo.

Por que teria dito "gêneros alimentícios" em vez de queijo? Desta maneira percebi que ele, assim como eu, parecia ter algo contra o artigo em questão.

No que diz respeito a mim, deveria tratar de vencer minha resistência pessoal ao artigo o mais rápido possível, pois um homem de negócios deve familiarizar-se e harmonizar-se com seu produto. Viver em comunhão com ele. Esgravatá-lo. Desprender seu odor. Esse último requisito não seria difícil de se satisfazer em se tratando de queijo, mas eu me refiro mais a um sentido figurado da questão.

Pensando-se bem, queijo é — salvo seu odor — um artigo nobre, não acha? Já faz séculos que se produz e é uma das primeiras fontes de riqueza dos holandeses, um povo irmão do nosso. Presta-se à alimentação de grandes e pequenos, de novos e velhos. Algo consumido pelos seres humanos acaba adquirindo por si só um certo ar de nobreza. Quero crer que os judeus abençoam o que comem. Por que um cristão também não poderia fazer sua prece de agradecimento pelo queijo que come?

Meus colegas que trabalham com adubos não mais teriam muitos motivos de queixa, se pensamos que estão em contato com restos de peixe, miúdos de mamíferos, carcaças e coisas afins? Esses e outros não são afinal comercializados também até o momento em que prestam seus últimos serviços à humanidade?

Dentre o número dos convivas regulares de Van Schoonbeke havia diversos comerciantes, dos quais pelo menos dois comerciavam cereais — por um rabo de conversa que eu chegara a ouvir. Por que considerar o queijo um artigo inferior aos cereais? Eu trataria de escamotear-lhes o preconceito, e rapidamente. Afinal, vencedor é quem ganha mais. O futuro descortinava-se diante de mim, e eu estava disposto a dedicar-me de corpo e alma a meu produto.

— Sente-se aqui, senhor Laarmans, que é mais cômodo — disse o habituê cuja postura sempre me contrariara mais que a dos demais. Não aquele dos dentes, mas um rapaz calvo e elegante que sabia falar bem. Às vezes era tão espirituoso durante o *journal parlé* que eu chegava a marear-me.

Logo fez lugar a seu lado, de maneira que agora, pela primeira vez, sentia-me como parte integrante daquele círculo de amigos. Anteriormente eu apenas ocupava um lugar modesto à ponta da longa mesa, de onde não me podiam voltar o olhar sem ser obrigados a girar sobre seu eixo, já que, por respeito ao anfitrião, costumavam sentar-se de lado, voltados para ele.

Também era a primeira vez que eu metia os polegares nos bolsos do casaco, tamborilando sobre a barriga os acordes de uma marcha qualquer, como alguém seguro de si. Van Schoonbeke dera-se conta e agora ria graciosamente em minha direção.

O fato de logo abordarem o tema "negócios" só fazia provar que começavam a incluir-me na conversa.

Não disse muito, mas não deixei de dizer, entre outras coisas, que o ramo de produtos alimentícios é sempre rentável, com que todos concordaram.

Lançavam-me olhares repetidamente, como se pedissem o meu assentimento, que eu me aprontava em dar por meio de um ligeiro aceno de cabeça. Deve-se ser complacente com as pessoas em geral, principalmente na condição de negociante. Mas, a fim de não dar-lhes sempre a impressão de que meu único papel ali era o de prontamente concordar com o que diziam, acabei soltando um "esperemos para ver", ao que o interlocutor em questão, um daqueles que não aceitava jamais objeções, respondeu mansamente "evidentemente", feliz por ter-se safado de mais essa.

Quando chegado o momento em que me dei por satisfeito com tantos sucessos em um só dia, disse ainda de chofre:

— E os restaurantes, meus senhores? Que delícias comeram nesta semana?

Foi o clímax. Todos os presentes voltaram-me um olhar agradecido, felicíssimos de que os houvesse reconduzido com meu gesto digno de um rei ao assunto de sua preferência.

Até então havia sempre sido eu o último a partir, porque não me atrevia a levantar-me primeiro, desfazendo assim a harmonia que unia os convivas. Ademais, esperando que todos tivessem partido, tinha a ocasião de desafogar-me a sós com Van Schoonbeke para desculpar-me não só por ter falado ou feito tão pouco durante o sarau, mas também por tudo o que eu deixara de falar ou fazer.

Dessa vez, porém, consultei meu relógio de pulso e disse em alto e bom som:

— Diabos, já passa das sete. Adeus, meus senhores. Divirtam-se!

Levantei-me então e fui, atabalhoado como quem tem diante de si mil afazeres, estendendo a mão a cada um deles, deixando-os plantados como estavam ao redor da mesa.

Van Schoonbeke conduziu-me até a porta, dando-me umas palmadinhas amigáveis nas costas e dizendo que tinha sido ótimo.

— Você impressionou bastante — assegurou-me. — E muito sucesso com os seus queijos.

Agora que nos encontrávamos sozinhos no corredor é que ele chamava "queijo" de "queijo". No andar de cima só se falava de "produtos alimentícios".

Ora, queijo é *queijo*. Se eu fosse um cavaleiro medieval, meu brasão seria constituído por três queijos em forma de rosto e teria como fundo um campo de batalha coberto de sabres.

VI

Não dei as notícias de bandeja a minha esposa, assim do nada: ela teve de dar mostras de paciência e precisou esperar até que eu houvesse acabado de almoçar. Daqui em diante eu já não como, mas sim faço meu desjejum, almoço ou janto.

Aliás, não posso queixar-me de minha esposa, que, além do mais, é uma mãe exemplar. Apenas acho que assuntos como o em pauta não são de sua alçada. Devo igualmente reconhecer que volta e meia sucumbo à tentação de espezinhá-la até que seus olhos fiquem rasos de lágrimas. Lágrimas essas que me enchem de alegria. Uso-a para dar livre curso a meus repentes de cólera, por conta de um sentimento de inferioridade social. Aproveitei também de minhas últimas horas de servidão junto à *General Marine and Shipbuilding Company* para tiranizá-la um pouco mais.

Assim foi que me mantive em silêncio enquanto comia, até que ela se pôs a descontar, não em mim, mas nos apetrechos de cozinha. Após um reiterado silêncio, vi que as lágrimas lhe turvavam os olhos, ao que ela se dirigiu à cozinha. Acho essa atmosfera de drama no lar vez ou outra deliciosa.

Caminhei eu também até a cozinha, como um galo atrás de um pintinho, e, procurando minhas pantufas, disse inopinadamente:

— Você sabe que correu tudo às mil maravilhas com o queijo?

Considerei que tinha a obrigação de pô-la a par do assunto.

Não respondeu, mas começou a lavar a louça, convertendo o tilintar da louça e dos tachos de ferro em sinfonia, enquanto eu, finalmente, fazia um relato sobre minha excursão a Amsterdã, enquanto forrava o cachimbo.

Dei à história dimensões de grandeza que ela não tinha, dizendo que tinha bancado o esperto na questão do contrato com Hornstra.

— Leia só, aqui está o contrato — disse, concluindo meu relato.

Estendi-lhe o papel, sabendo antecipadamente que entenderia aquele registro de língua rebuscado apenas pela metade e que todos aqueles termos comerciais lhe dançariam diante dos olhos.

Enxugou as mãos, apanhou a folha de papel e foi sentar-se na sala de estar.

Para mim, que havia datilografado milhares de cartas junto à *General Marine and Shipbuilding Company*, aquilo era naturalmente brincadeira de criança. Fiz questão de permanecer atarefado na cozinha para que ela sentisse na pele que a redação de um tal contrato é algo bem distinto dos afazeres domésticos.

— E então, não acha que agi com maestria? — perguntei da cozinha alguns minutos depois.

Não tendo obtido resposta alguma, lancei um olhar na direção da sala para certificar-me de que ela não havia caído no sono ao ler meu contrato.

Mas ela estava bem acordada. Lia atentamente, com o nariz quase encostado na folha de papel e um indicador que deslizava sobre as linhas a fim de que não saltasse nenhuma delas. Vi que se atinha a algum ponto.

Tão singular o texto não era para que ela se absorvesse assim na leitura como se estivesse lendo o Tratado de Versalhes. Queijo, cinco por cento, trezentos florins e ponto final.

Caminhei até o rádio e, com um movimento circular dos dedos, sintonizei uma Brabançona.[1] Era como se a música estivesse sendo tocada em minha honra.

— Faça o favor de desligar um pouco, senão eu vou acabar não entendendo mais nada! — disse minha esposa.

---
[1]Hino nacional belga (*Brabançonne*). (*N. do T.*)

Logo em seguida, perguntou-me por que eu tinha posto no contrato que poderiam "pôr-me na rua" quando quisessem.

Típico de minha esposa. Essa, pelo menos, chama "queijo" de "queijo".

— Como assim, ser posto na rua? — perguntei, melindrado.

Deteve o indicador sobre o artigo nove — o último —, e li o seguinte:

> Se as atividades do senhor Laarmans, a serviço do senhor Hornstra, porventura se interromperem, seja por vontade do próprio senhor Laarmans, seja por iniciativa do senhor Hornstra, o primeiro citado não terá direito a quaisquer indenizações e tampouco a quaisquer honorários mensais, tendo em vista que esses últimos constituem não um salário, mas sim um adiantamento de eventuais comissões aprazadas entre as duas partes.

Diabos, a coisa não era tão simples! Entendia agora por que se ativera tão demoradamente àquele item.

Tanto em Amsterdã como em minha viagem de volta no trem, havia relido as determinações do contrato, mas seu sentido exato, tão exultante eu me encontrava, tinham-me escapado.

— O que significa "por iniciativa do senhor Hornstra"? — perguntava ela agora, mantendo o indicador apontado para a ferida.

Iniciativa é uma das palavras que minha esposa não entende. Termos como "iniciativa", "construtiva" e "objetiva" são para ela sinônimos. Vá você querer explicar-lhe o que significam!

Eu disse então "bem, 'iniciativa' significa 'iniciativa'", enquanto relia o artigo em questão palavra por palavra por cima de seus ombros, e tive de reconhecer que ela tinha razão. Aliás, Hornstra também tinha razão, pois não podia obrigar-se a nada infinitamente, até o ano 2000, por assim dizer, caso eu não desse conta de vender todo o estoque de queijo. Ainda assim, senti-me vexado.

— "Iniciativa" quer dizer "começar alguma coisa", mamãe — exclamou Jan, sem erguer o olhar de seus livros escolares.

Há coisa mais irritante que um marmanjo de quinze anos que, sem que lhe peçam, ousa abrir o bico em questões tão graves como a em pauta?

— Você precisa entender que eu não me encontro em condições de aceitar um salário tão elevado por tempo indeterminado sem o comprometimento de vender a mercadoria em consignação dentro de um prazo razoável — expliquei. — Isso seria imoral.

"Consignação" e "imoral" são outras dessas palavras que ela não haverá entendido, estou seguro. Mas eu quero mesmo é aturdi-la.

— De qualquer maneira — disse eu —, não há o que temer. Se as vendas se efetuarem, então o Hornstra ficará mais que satisfeito em deixar as coisas como estão, infinitamente. E, no que diz respeito à reciprocidade, pôr-me na rua tem também para mim o seu lado vantajoso, pois nunca se sabe: vai que um dos concorrentes do Hornstra venha bater à nossa porta com termos contratuais ainda melhores assim que o meu nome se destacar no ramo do comércio.

Pois é, o fedelho que lhe explique agora o que querem dizer os termos "consignação", "imoral" e "reciprocidade"!

Minha esposa devolveu-me o papel.

— Mas é claro que não há razão para que a coisa não ande — consolou-me ela. — É só trabalhar com afinco. Mesmo assim, eu agiria com prudência. No estaleiro pelo menos você tem a segurança de um salário fixo.

Isso é o que eu chamo de uma obviedade.

VII

Em nosso último conciliábulo na cama conjugal, chegamos à conclusão de que o melhor a fazer seria dar continuidade ao empreendimento queijeiro sem que eu pedisse demissão do estaleiro. Minha esposa diz que meu irmão, o médico, poderá arranjar as coisas. Deverá providenciar-me um atestado médico que me prescreva três meses de repouso para restabelecer-me de um enfermidade qualquer que meu irmão inventará e que justifique um pedido de férias. A idéia foi de autoria dela própria.

Eu já sou de opinião que essa solução é uma medida ambígua e que, em casos como o presente, deve-se optar por uma ou outra coisa.

Diabos, das duas uma: ou eu me dedico ao empreendimento queijeiro, ou não. Se se deixa uma brecha, não se avança. Eu, por mim, enfrentaria a situação com cara e coragem.

Mas, fazer o quê? Ela chamou nossos filhos, e eles lhe deram a razão. A última coisa que eu quero é, em meio a todas as preocupações com os negócios, ter desavenças constantes em casa.

Falei com meu irmão a respeito.

Ele é doze anos mais velho que eu e faz-me as vezes de mãe e pai desde que esses se foram.

É impossível ignorar essa diferença de idade. Quando eu ainda era moleque, ele já era um homem, e a relação que se estabeleceu então entre nós perdura até hoje. Ele me protege, repreende, encoraja e me dá conselhos como se eu ainda fosse um garoto desses que brincam na rua com bolas de gude. Devo dizer que é um camarada trabalhador e desvelado, cheio de coragem, um homem para quem responsabilidade não é só uma palavra, satisfeito com seu destino. Se ele efetivamente faz a ronda de seus pacientes de manhã à noite eu não saberia dizer. O que sei é que passa o dia atravessando a cidade às pressas de bicicleta e que passa em casa como um furacão toda santa tarde. Num rompante, dirige-se à cozinha, onde minha esposa está cozinhando, levanta a tampa das panelas para verificar o menu do dia e cheirar a comida, cumprimenta, ruidoso, meus filhos, que o adoram, indaga sobre a saúde de todos, dá-nos amostras de medicamentos para todos os males, esvazia seu copo e despacha-se de casa, tudo num fôlego só.

Foi com dificuldade que consegui fazer com que ouvisse a primeira parte do relato sobre o queijo, pois, impaciente como só ele, interrompe-me a cada segundo, procurando saber que papel poderá desempenhar em toda essa história.

Quando se deu conta que meu posto junto à *General Marine and Shipbuilding Company* estava em jogo, esboçou-se em seu rosto um traço reprobatório.

— Trata-se de um assunto sério, meu rapaz, sério mesmo.

Saiu então de chofre da sala e desapareceu para dentro da cozinha.

— Será que ele realmente leva jeito para o comércio? — ouvi-o perguntar.

— Pois é — respondeu minha esposa —, isso é ele quem tem que saber.

— Um assunto bastante sério — reiterou ele.

— Eu também lhe disse isso.

Ela também me disse isso. Ela! Não dá vontade de fazer alguém assim atravessar voando a janela?

Enquanto isso, lá estava eu, um zero à esquerda.

Só tive tempo de ligar o rádio em sinal de protesto, pois logo voltou ele pela varanda.

— Se eu fosse você, primeiro pensaria bem no assunto, meu rapaz.

Foi quando, finalmente, consegui explicar-lhe que eu estava justamente pensando em pedir uma licença de três meses, pois, até então, não me havia deixado avançar em meu relato apesar de já tê-lo tentado fazer pelo menos quatro vezes.

Apresentou-me então uma série de males condizentes com a situação. Pessoalmente, acha que uma enfermidade do sistema nervoso seria a mais apropriada, já que poderia sair de casa sem que meu patrão dissesse o que fosse. E males do sistema nervoso não assustam ninguém. Em se tratando de pulmões, uma vez que voltasse a trabalhar no estaleiro, seria evitado como a peste. Ele deverá estar pensando que minhas intenções de explorar as minas queijeiras não passa de um capricho e que, passado algum tempo, eu voltaria para o estaleiro.

Assim sendo, entregou-me o atestado.

— Você é quem sabe, rapaz — reiterou, balançando a cabeça.

Foi o suficiente para que eu já me sentisse um novo homem!

No estaleiro já não me sinto em meu elemento e, ao datilografar minhas cartas — que versam sobre a construção de máquinas e navios —, vejo um desfile de imagens de edams cremosos passar-me diante das retinas. Em alguns dias seriam expedidos e logo logo estariam em minha posse. Receio datilografar a palavra "queijos" em vez de "esmeris" ou "chapa de metal branco". Entretanto, não me aventurei a abordar o senhor Henri no primeiro dia, por falta de coragem, de maneira que levei o atestado de volta comigo para casa. Mas terei de fazê-lo, pois os queijos acossam-me ameaçadoramente a exemplo do dono que obriga seu cão a pular na água a contragosto.

Hoje de manhã fui bater à porta de Hamer. Consta oficialmente como nosso contabilista-chefe, mas, na verdade, não passa de um "pau para toda obra" que adquiriu por mérito a confiança do senhor Henri. Sejamos justos: trata-se de um homem com quem se pode falar. Inclina-se sobre os cotovelos, põe a mão em forma de concha sobre o ouvido direito, escuta sem fitá-lo e põe-se a sacudir a cabeça.

Mostrei-lhe o atestado e pedi um parecer, pois sei que emitir pareceres é a coisa de que mais gosta. Todos os dias, põe-se a nossa disposição para ouvir-nos por um quarto de hora, como um médico, e, em meio à sessão de consultoria, acaba por ter confirmada sua superioridade, que ninguém põe em questão.

Virou então o papel em suas mãos, como se alguma vez constasse algo no verso de um atestado, refletiu, absorto, e disse que a situação no estaleiro não era das mais estáveis, o que é verdade, pois, se se dão conta de que algum dos seus empregados miúdos não funcionou como devia por três meses, seu posto poderia estar em perigo. Da mesma maneira, pagar um salário a um funcionário enfermo contraria-os, e muito. Porém, diz ele, se você aceitar tirar uma licença não remunerada por enfermidade, então será desnecessário ir ter com o senhor Henri, pois ele provavelmente só fará dizer que a *General Marine and Shipbuilding* não é hospital e muito menos um desembolsador de seguros-desemprego. Mas, em se tratando de licença não remunerada, o próprio Hamer podia dar sua anuência sem ter que consultar o chefe lá dentro.

"Lá dentro" refere-se ao escritório pessoal do senhor Henri, onde não entra ninguém além de Hamer e do engenheiro-chefe. Se um funcionário qualquer é convocado para lá, sai da sala com o rosto vermelho. Após duas ou três dessas visitas, é simplesmente demitido.

— O mais provável é que o senhor Henri nem se dê conta de que você não está — diz Hamer.

Bastante possível. Durante as férias de Hamer no ano anterior, tive, na condição de escriturário com mais tempo de casa, de ir "lá para dentro" em seu lugar a fim de cuidar da correspondência. Foi quando me dei conta de que o senhor Henri desconhecia meu nome. Primeiro me chamou de Hamer, seguramente pela força do hábito, mas, em seguida, deixou-me de chamar por qualquer nome que fosse.

Deliberei com minha esposa sobre a sugestão de Hamer, e chegamos ambos à conclusão de que era a melhor das soluções, sob todos os pontos de vista. Optando por ela, dou mostras de integridade, já que me recuso a aceitar um salário não merecido.

Hamer guardou meu atestado a título de justificativa, caso a questão chegasse aos ouvidos do senhor Henri, e pude sair dali sem despedir-me de meus colegas de trabalho; afinal, esperavam que eu voltasse. Hamer acredita deveras que eu volte, pelo menos se eu me restabelecer. O bom homem não percebe que se deixou ludibriar e que constitui parte integrante na aquisição de minha fortuna vindoura. Decidi que iria recompensá-lo com um belo presente.

E agora se me abre diante dos olhos o mundo dos queijos.

VIII

Montar seu escritório equivale para um homem de negócios ao que é para uma gestante a preparação de seu enxoval.

Ainda me lembro do nascimento de meu primeiro filho e volto a ver minha esposa como se encontrava quando, cumprida a missão do dia, punha-se a costurar ao lado do abajur até altas horas, descansando a intervalos até que a dor em seus quadris se amainasse. Sua fisionomia tinha um quê de solene, como alguém sozinho no mundo, seguindo seu caminho sem nada ver ou ouvir. Foi um sentimento do mesmo gênero o que se apossou de mim com o raiar do meu primeiro dia queijeiro.

Tinha acordado cedo, tão cedo, que minha esposa me disse que estava louco.

— Quem madruga Deus ajuda — disse ela.

O primeiro ponto a se pensar era se queria instalar meu escritório em casa ou na cidade.

Minha esposa considera que seja melhor instalá-lo em casa, por ser mais barato, já que me vejo desobrigado a pagar um aluguel extra, além de que minha família poderia fazer uso do telefone.

Inspecionamos a casa e optamos pelo quartinho acima da cozinha, ao lado da sala de banhos. Para tomar-se um banho, teria que se passar obrigatoriamente por meu escritório, às vezes de pijamas, mas isso se costuma fazer aos sábados pela tarde ou aos domingos, dias em que meu escritório perde seu caráter oficial. É um terreno neutro e, por mim, que façam bordados ou joguem cartas nele se quiserem, contanto que meus dossiês permaneçam intactos, pois eu não perdoaria se os tocassem.

O quartinho tem papel de parede ilustrado com cenas de caça e pesca, e meu primeiro plano foi o de aplicar outro papel de parede. Um pano-de-fundo mais sóbrio e monótono, sem floreios ou o que seja, sem nada mais a pendurar além de um calendário de folhas e algo como um mapa da região fabricadora de queijos da Holanda. Não faz muito tempo, vi um mapa em cores impressionante da região vinícola dos arredores de Bordeaux. É possível que exista algo de semelhante na região de produção de queijos. Mas minha esposa é da opinião que devo esperar até que os negócios floresçam e eu expanda o escritório. "Até que a coisa pegue" foram suas palavras exatas. De maneira que deixei o papel de parede como estava até segunda ordem.

Entretanto, deveria mesmo é ter imposto minha vontade, pois, afinal, quem está no comando do navio queijeiro, eu ou minha esposa?

Fosse como fosse, mais dia menos dia o papel de parede teria de desaparecer, pois, nos recônditos de minha alma, já tinha assinado seu atestado de óbito. Um homem de negócios deve seguir sua intuição, por mais inconveniente que isso possa parecer.

Devo providenciar papel de carta timbrado, uma escrivaninha, uma máquina datilográfica, um endereço telegráfico, pastas classificatórias e uma porção de objetos afins, de maneira que me encontro terrivelmente ocupado. Essas tarefas têm de ser levadas a cabo o mais rápido possível, pois os edams serão despachados daqui a dois ou três dias rumo ao sul. E tudo deve estar na mais absoluta ordem para que eu entre em sua posse. O telefone tem de estar funcionando, a máquina de escrever matraqueando e os arquivos prontos a receber suas pastas. E no meio de todo esse mecanismo me encontro eu, o cérebro por detrás de tudo.

Sobre a questão do papel de carta passei meio dia quebrando a cabeça. Isso porque sou de opinião que no papel de carta deve constar um nome de firma moderno e não simplesmente Frans Laarmans. Também acho melhor que a notícia de minha empresa queijeira não chegue aos ouvidos do senhor Henri, pois, caso isso acontecesse, jamais poderia voltar a pôr os pés na *General Marine*, a não ser que fosse para fornecer queijo à cantina da empresa.

Jamais teria imaginado que fosse tão difícil escolher um nome de firma adequado. No entanto, há milhões de pessoas menos inteligentes que eu que logo superam dificuldades como essa.

Quando me deparo com o nome de uma empresa já existente, costumo ter a impressão de que o nome em questão, além de parecer-me dos mais corriqueiros, soa-me muito familiar. As pessoas por trás das empresas não lhes poderiam ter dado um nome que não aquele. Mas, de onde eu tiraria o nome de minha nova empresa? E lá me encontrava eu em meio aos problemas da criação, pois deveria fazer aparecer algo do nada como num passe de mágica.

O primeiro nome que me veio à cabeça foi *Comércio Queijeiro*.

Mas, sem que meu nome conste abaixo do nome da firma, este acaba tornando-se impessoal demais. *Comércio Queijeiro*, Verdussenstraat 170, Antuérpia. Soa demasiado suspeito, como se se ocultasse algo, como se o queijo estivesse carcomido de vermes.

Ocorreu-me então *Comércio Geral de Queijo*.

Já estava melhor. Mas um tal nome tão ao gosto de Flandres soava-me cru, exageradamente inequívoco, demasiado sóbrio. A isso se soma minha aversão à palavra "queijo", como já disse anteriormente.

Pensei então em *Commerce Général de Fromage*. Soa-me melhor, além de que a palavra *"fromage"* foge à etimologia de "queijo".

Um passo além seria *Commerce Général de Fromage Hollandais*. Optando por esse nome, eu me afastaria de todos os compradores potenciais de queijos gruyère ou cheshire, já que só vendo queijo edam. Mas *"commerce"* ainda não diz tudo.

Entreprise Générale de Fromage Hollandais.

Aí já há mais musicalidade. Mas, pensando-se bem, a palavra *"entreprise"* pressupõe que eu empreenda algo, o que é falso. O que faço mesmo é armazenar e vender queijo.

Cheguei assim a *Entrepôts Généreaux de Fromage Hollandais*.

Mas o fato de armazenar o queijo é detalhe secundário. Para início de conversa, não sou nem eu quem o armazena, pois não quero ter todo o queijo em minha casa. Os vizinhos não deixariam de queixar-se, e é para tal finalidade que existem os depósitos de mercadorias.

A ênfase deve dar-se à venda, traço fundamental na base de minha empresa. Movimento de vendas, nas palavras de Hornstra. O que os ingleses chamam de *trading*. Isso sim é que é palavra!

Por que não um nome em inglês, como o da *General Marine and Shipbuilding Company*, que para mim já virou passado? A Inglaterra tem no ramo do comércio uma reputação meritoriamente mundial.

General Cheese Trading Company? Começo a ver luz no fim do túnel. Sinto que estou a um passo de atingir meu objetivo.

Antwerp Cheese Trading Company? Ou talvez *General Edam Cheese Trading Company?*

A primeira medida a tomar seria escamotear do nome a palavra "queijo". Devo substituí-la por palavras como: produtos alimentícios, laticínios ou algo que o valha.

General Antwerp Feeding Products Association?

Eureca! As inicias formariam a palavra "Gafpa", um verdadeiro *slogan*. Dê preferência aos queijos da Gafpa, meu senhor. Vejo que a senhora não está acostumada a um autêntico queijo Gafpa, minha senhora. O Gafpa não é queijo, é mel, meu senhor. Apresse-se, pois nossa última entrega do Gafpa já está se esgotando. A palavra "queijo" caducaria por si própria, pois Gafpa não tardaria em tornar-se o sinônimo dos cremosos edams. "Meu café-da-manhã foi uma fatia de pão com um pedaço de gafpa". Era aí que eu queria chegar.

E ninguém saberia que por detrás do gafpa se encontrava Frans Laarmans, salvo minha família, meu irmão e meu amigo Van Schoonbeke a quem informei de imediato, por telefone, o nome de minha firma. O telefone, aliás, já está funcionando. Um grande sucesso.

Meu filho Jan telefona a todos seus coleguinhas da escola, só pelo prazer de fazê-lo, e eu tenho de esperar minha vez. Como é o primeiro dia, faço vista grossa, pois não quero parecer mesquinho. Van Schoonbeke não entendeu o que lhe disse. Pensou que eu dizia "Gaspard", porque esse é o nome de seu amigo com dentes de ouro. Não importa, eu lhe conto na quarta-feira. Disse-lhe então que meu telefone está em ordem e dei-lhe o número. Deu-me os parabéns — o que sempre faz — e pediu que lhe levasse uma amostra de meu edam. É claro que levarei. Além de um presente. Assim que eu tiver tempo, levo um presente a ele e a Hamer.

É uma pena que Gafpa não possa ser também meu endereço telegráfico, pois já foi registrado sob o nome da firma *Gaffels en Parels*. Hesitei entre *kaasmens*, *kaasbol*, *kaastrader*, *kaastrust*, *Laarmanskaas* e *kaasfrans*,[1] pois o limite é de dez letras, mas nenhum desses nomes me agradou. O que fiz foi simplesmente inverter a palavra

---

[1] Respectivamente "queijeiro", "bola de queijo", "comerciante de queijo", "truste queijeiro", "Laarmans Queijos", "Queijos Frans". (*N. do T.*)

"Gafpa", obtendo "Apfag". Faltou pouco para que nem isso fosse viável, pois "Apfa", sem o *g*, já existe. É o nome da *Association Professionnelle des Fabricants d'Automobiles*, o que não tem nada a ver com queijos.

Posso agora mandar imprimir meu papel de cartas, e, assim que estiver pronto, quero escrever uma carta a Hornstra. Não para que acelere o despacho, pois ainda falta muito para que esteja concluída a instalação de meu escritório, mas para que ele veja meu papel de cartas timbrado.

Agrada à minha esposa ver-me tão ocupado. Ela também está sempre atarefada, pois não suporta o ócio.

Vejo que está feliz.

Quando estou sentado no escritório, ela jamais vai ao banheiro sem soltar alguma frase apologética, pois tem de passar por meu espaço. Diz, por exemplo, "Acabou o sabonete". Ou então: "Preciso de água quente para lavar o pulôver".

Rio, complacente, e digo: "Vá em frente". Mas tenho de admitir que respeito a cozinha, o seu espaço, da mesma maneira que ela ao meu escritório.

Eu até lhe daria um beliscão nas pernas vez ou outra, mas meu escritório é para mim um templo.

Ela também passou a utilizar o telefone para falar com o açougue ou com lugares que o valham. Não foi difícil ensinar-lhe como manejar o aparelho: ela jamais usara um telefone antes e mal podia acreditar que bastava discar aqueles poucos números para falar com a padaria. Mas essa aí é tenaz e agora telefona como uma veterana, se desconsiderarmos o fato de que gesticula, como se o padeiro pudesse vê-la.

Vendo-a como a vejo, uma hora na cozinha, outra no andar de cima ou no sótão, carregando roupas a serem lavadas e baldes, dou-me conta de que é absolutamente espantoso o fato de uma pessoa tão simples ter descoberto tão rapidamente a tal da cláusula importuna no contrato que firmei com Hornstra.

Acho também uma verdadeira lástima que minha boa mãe não tenha podido viver para ver tudo isso. Essa sim eu gostaria de ter visto telefonar.

IX

Levei um exemplar de meu papel timbrado à sessão de tagarelice na casa de meu amigo Van Schoonbeke que lhe mostrei no corredor do andar de baixo, pois veio a meu encontro.

— Meus parabéns — disse ele outra vez, enfiando-o no bolso.

Ocupei — como não podia deixar de ser — o mesmo lugar da vez anterior. Acho que nenhum daqueles três grandes personagens se atreveria a tomar-me o lugar.

Nessa noite falavam sobre a Rússia.

No fundo do coração, admiro o fato de aqueles homens e mulheres maltrapilhos e descalços tentarem erigir um novo templo sobre os escombros. Algo provavelmente muito diferente do que eu teria de fazer: vender vinte toneladas de queijo. Mas eu, o cabeça da Gafpa, não terei escrúpulos em afastar de meu caminho tudo o que entravar meus propósitos queijeiros.

Um dos convivas afirmou que naquelas paragens morrem milhões de pessoas de fome, como moscas numa casa abandonada. Foi então que meu querido Van Schoonbeke estendeu o papel timbrado a seu vizinho imediato, que perguntou, interessado, o que aquilo significava.

— É o papel timbrado da mais nova empresa do nosso amigo Laarmans — explicou. — Ainda não havia visto?

O covarde disse que não havia visto, mas que já ouvira falar, passando por sua vez o papel a seu vizinho. E foi assim que meu triunfo circulou entre os convivas.

"Muito interessante", "está com um aspecto excelente", "pois é, nada melhor que produtos alimentícios", ecoavam a meu lado e às minhas costas. A múmia de Tutancámon não teria suscitado maior interesse.

— Uma boa quantidade de Gafpa, isso sim é de que os russos precisam. — disse Van Schoonbeke.

— Um brinde ao sucesso da Gafpa — enunciou um advogado já de idade que, a meu ver, tem bem menos dinheiro do que quer fazer crer. De todos os convivas, passou a ser o menos bem situado desde que me desfiz de meus trajes da "inspetoria do estaleiro", e não deixa passar a oportunidade de esvaziar seu copo. Para mim, ele só se encontra no círculo dos convivas por amor ao vinho.

Como bem se entenderá, voltei a passar o papel timbrado adiante sem me dignar a olhá-lo, de maneira que acabou voltando às mãos do anfitrião, que o pôs à sua frente, sobre a mesa.

— Homem de Deus! — exclamou Van Schoonbeke quando nos despedimos. — A propósito — disse-me em tom de confidência —, o tabelião Van der Zijpen pediu-me que recomendasse a você o seu filho mais novo para uma possível associação. Dinheiro, fique sabendo você, muito dinheiro e pessoas de bem — concluiu então.

Eu, dividir os frutos de meu trabalho com qualquer um? Nem pensar. O máximo que eu faria seria recomendá-lo para ocupar meu posto junto à *General Marine*.

— Chegou o queijo, papai — exclamou meu filho Jan da soleira da porta quando cheguei em casa.

As novas foram confirmadas por minha filhinha.

Alguém havia telefonado e perguntado o que fazer com ele. Mas Ida não tinha conseguido memorizar ou talvez entender o nome. Por que não chamara a mãe? Porque a mãe estivera fazendo compras.

Não era um absurdo que houvessem chegado vinte toneladas de queijo para mim e que ninguém pudesse dizer-me onde estavam? Nunca conte com seus filhos!

Seria mesmo verdade? Não poderia ser apenas um trote de meu amigo Van Schoonbeke? Ou será que minha filha não havia entendido direito?

Mas Ida bateu o pé e não se deu por vencida. Teimosa como uma mula. Haviam dito que tinham chegado para mim vinte toneladas de queijo, e pediam instruções. Tinham igualmente dito algo sobre chapéus.

Agora pergunto-lhe eu. Primeiro se tratava de queijo, e agora de chapéus. Não dá vontade de dar um safanão bem dado numa menina assim?

E isso porque, na escola, já está na quarta série.

Não consegui comer de nervoso e voltei a meu escritório. Se minha esposa viesse *agora* trazer sabonete ou "pegar um pouquinho de água quente" eu esvaziaria um copo de água sobre sua cabeça.

— *Agora* nada de tocar piano — ouvi-a dizer no andar de baixo num tom proibitivo, o que me agradou, pois ela estava dando mostras de respeito. — Parece até que você está arrependido — disse minha esposa com aspereza.

— Arrependido? Como assim? — disse eu no mesmo tom acre. — E eu não estou esperando o queijo? Não só deve, como há de chegar. Mas, diga lá, já ouviu alguma vez um absurdo tamanho? Edams evaporados ou queijos transformados em chapéus? Mais parece um filme de terror.

— Não precisa ficar neste estado — disse minha esposa. — Se o queijo não chegou, só pode se tratar de um mal-entendido. Se, ao contrário, chegou, tanto melhor. Afinal, você lá acha que vão mandar o queijo de volta à Holanda? A esta hora todos os escritórios já fecharam, mas eu aposto que amanhã de manhã você recebe alguma notícia da ferrovia. Ou será que o queijo veio por via fluvial?

Boa pergunta. Como é que eu podia saber? Mas a besta da minha filha, que havia atendido a chamada, deveria saber.

— Vamos, Frans, é melhor você comer tranqüilo e ter um pouco de paciência até amanhã de manhã, que agora você não pode fazer nada.

Fui então sentar-me, após ter lançado um olhar fulminante ao endereço da besta em questão, que se deixava estar ali com os olhos rasos de lágrimas, ainda que ao redor de sua boca se esboçasse um traço resoluto. E, como se não bastasse, ainda se mostrava enraivecida, pois quando Jan, um ano mais velho que ela, pousou seu chapéu logo em seguida sobre o prato dela, acompanhado de uma faca, minha filha aplicou à peça de vestuário um safanão tão bem assestado que o pobre do objeto foi parar debaixo do fogão na cozinha.

Pois é, não tenho dúvida de que chegou o queijo. Sinto-o na pele.

X

Na manhã seguinte, logo depois das nove, recebi uma chamada dos Depósitos *Blauwhoeden*,[1] que me perguntavam o que fazer com o queijo.

Agora sim eu entendia a questão dos chapéus. Darei a minha filhinha uma barra de chocolate.

Perguntei eu, por minha vez, o que se costumava fazer com os edams.

— Nós os enviamos aos compradores, senhor. Basta que nos forneça os endereços.

Disse que as tais vinte toneladas ainda não tinham sido vendidas.

— Se é assim, podemos armazená-las nos nossos depósitos patenteados — obtive como resposta.

Para mim, refletir enquanto falo ao telefone é algo de muito difícil. Não me dá tempo. Tampouco queria

---

[1] Depósitos "Chapéus Azuis". (*N. do T.*)

consultar minha esposa. Considero normal conceder-lhe a última palavra em questões tais como trocar-se ou não o papel de parede em meu escritório; no que diz respeito à sorte do queijo, porém, sou eu quem decide. Afinal, não sou eu próprio a Gafpa?

— Talvez seja melhor que o senhor passe por nossos escritórios — sugeriu.

Melindrei-me com o convite paternal que me era feito, pois era como se estendessem sobre mim asas protetoras. E eu não preciso da ajuda de ninguém, tampouco como preciso do tal do filho do tabelião com todo seu dinheiro.

Ainda assim, aceitei a sugestão, não só a fim de pôr um fim à chamada o mais rápido possível, mas também por achar que deveria ir ao encontro de meu queijo quando de sua chegada em Antuérpia. O primeiro despacho constitui a vanguarda de um exército com que tenho de travar conhecimento em pessoa. Tampouco queria ouvir de Hornstra na seqüência que seus edams haviam cumprido sua primeira etapa em meio ao maior descaso imaginável de minha parte.

Antes mesmo que eu chegasse aos Depósitos *Blauwhoeden*, já sabia que rumo daria à questão, pois torno-me mais e mais resoluto a cada dia que passa.

Os queijos teriam de permanecer nos depósitos. Não me sobrava outra opção.

Imagino que Van Schoonbeke não tenha informado Hornstra sobre meu posto de escriturário junto à *General Marine*, de maneira que não só teria que tratar de iniciar-me por iniciativa própria no ofício, como teria também de montar primeiro meu escritório. Seja como for, o fato é que ainda não me pude ocupar da venda propriamente dita. Ainda nem sequer encontrei escrivaninha e máquina datilográfica.

Mais uma vez, culpa de minha esposa, que afirma que posso encontrar uma escrivaninha de segunda mão por trezentos ou quatrocentos francos. Nas lojas de mobiliário para estabelecimentos comerciais, uma escrivaninha do gênero custa pelo menos dois mil francos, com a vantagem de que lhe é entregue na tarde do mesmo dia, e ponto final. Para mim, uma compra do tipo deve ser efetuada em menos de meia hora, pois o tempo não pára e os dias se convertem em semanas. Afinal, está mais que chegada a hora de transformar o queijo em capital.

Conclusão: depósitos.

Mas se os funcionários dos Depósitos *Blauwhoeden* imaginam ter-me impressionado com sua denominação "depósitos patenteados", digo: ledo engano, o deles. Venhamos e convenhamos, meus senhores: não sou idiota a ponto de morder essa isca!

Quero inspecionar os tais depósitos com meus próprios olhos. Quero convencer-me de que meu queijo se encontrará em segurança, intacto e num ambiente fresco, ao abrigo de chuva e ratos, como numa sepultura familial.

De maneira que vistoriei seus depósitos. Devo reconhecer que estão em ordem. São abobadados; o solo, seco. As paredes não retiniram quando lhes apliquei uma bordoada de bastão.

Daqui não escapa meu queijo: disso eu tenho certeza. Além de que já foram armazenados queijos no local anteriormente, diz-me o olfato. Se Hornstra chegar a ver os depósitos, dar-me-á os parabéns.

Minhas vinte toneladas encontravam-se no pátio interior, dispostas em quatro caminhões, pois haviam descarregado o queijo rapidamente na véspera, caso contrário a ferrovia teria cobrado uma taxa de pernoite de mercadoria. Isso me permitiu acompanhar os procedimentos de armazenamento no depósito que me cabia. Eu me mantinha no centro do local, como um instrutor de auto-escola, acompanhando as manobras até que fosse trazida a última caixa.

A remessa experimental de Hornstra consiste de dez mil queijos a aproximadamente dois quilos cada um, empacotados e dispostos em 370 caixas-patente. O queijo edam é em geral enviado avulso, disse o homem, mas, em se tratando de genuínos edams cremosos, o empacotamento valia a pena. Tal proceder facilitaria a entrega de maneira a que eu vendesse o queijo sempre em caixas de 27 embalagens, cada caixa.

A última caixa havia sido aberta. Pela alfândega, explicou-me o funcionário dos depósitos. Além disso, haviam cortado um exemplar de meu queijo pela metade. Faltava uma das metades, e eu perguntei o que tinham feito dela.

O funcionário rebateu a pergunta com outra: não estivera eu jamais às voltas com a alfândega? Ele estava com a impressão de que eu era absolutamente novato no ramo, porque senão saberia que, em se tratando da alfândega, deve-se manter a política do "dar para receber".

— Então o senhor não sabe, meu senhor, que eles tinham o direito de abrir as 370 caixas uma por uma? Poderíamos muito bem pedir indenização da alfândega pela metade do queijo escamoteada, meu senhor, mas eu preferi presenteá-la ao funcionário a fim de poupar ao Hornstra três mil francos de direitos de entrada, meu senhor, porque o queijo tinha sido declarado como semicremoso, ao passo que é cem por cento cremoso, o que costuma ser taxado com um valor mais alto.

Aquela repetição de "meu senhor" tinha algo de ameaçador.

Perguntou-me em seguida se queria que me entregassem em domícilo uma das caixas, já que precisaria de material de amostra.

Achei melhor não criar dificuldades com os funcionários dos depósitos, de maneira que aceitei a sugestão do envio, embora ainda não precisasse de material de amostra. Antes de mais nada, quero que o escritório esteja cem por cento em ordem. Só então eu vou dedicar-me à venda.

Após dar ao homem a outra metade do queijo, além de uma senhora gorjeta — não há nada que me agrade mais que um rosto radiante —, recomendei-lhe que comesse o queijo aquecido, ao que se fechou o portão do depósito, ao exemplo do portão de uma cidadela quando das Cruzadas.

Agora posso ir tranqüilo para casa. Os meus edams não sairiam de lá, pelo menos não sem o uso de violência. Permanecerão onde estão até o dia em que ressuscitarem, quando serão exumados de lá a fim de serem exibidos em toda sua glória nas vitrines de estabelecimentos tais como aquele diante do qual eu me deixara estar quando de minha volta de Amsterdã.

XI

Ao chegar em casa, encontrei a caixa já em meu escritório. Tratava-se mais de um caixote pesado com 26 queijos, cada um de dois quilos, mais a embalagem. Ou seja, sessenta quilos ao todo.

Por que não haviam levado o caixote ao porão? Aqui obstruía o caminho, além de que o queijo ressumava um odor tal que se escoava até mesmo pelas ripas de madeira. Tentei deslocar o caixote, mas sem êxito.

Acabei tendo mesmo que ir pegar um pé-de-cabra.

Pus-me então a arrancar os pregos e desfazer o caixote com tanto afinco que a casa tremia de cima a baixo. Minha esposa também subiu as escadas e perguntou se podia ajudar. Contou-me que a senhora Peeters, a vizinha do lado, que sofre do fígado, tinha estado parada à soleira da porta até que o caixote tivesse sido entregue e o funcionário dos depósitos houvesse se despachado dali com seu carrinho de entrega. Retruquei que, por mim, a senhora Peeters podia ser fulminada por um raio. Após uma curta pausa, consegui abrir uma das ripas. Não sei onde se encontrava a patente: o que sei é que o caixote em questão era dos mais firmes. O resto era brincadeira de criança, pois, após uma última investida, o caixote se abriu, revelando-os: lá estavam eles, os queijos, envoltos um por um em papel de alumínio, parecendo enormes ovos de Páscoa. Já os havia visto nos depósitos, mas confesso que a visão voltou a impressionar-me.

Minha aventura queijeira havia-se tornado realidade.

Disse em tom resoluto que deveriam ir para o porão, com o que minha esposa se aprontou em concordar, pois queijo é algo que se resseca.

Chamou a Jan e Ida, e descemos as escadas os quatro juntos, cada um de nós com três embalagens de queijo nos braços, de maneira que concluímos a tarefa em três viagens. As duas últimas embalagens foram trazidas pelas crianças.

Quis levar eu mesmo para baixo o grande caixote vazio, mas Jan, prestes a completar dezesseis anos e esportivo como é, tomou-me o caixote das mãos, pousou-o sobre a cabeça e levou-o assim ao porão. Deixava a intervalos pender os braços, dando-se ares de equilibrista.

Lá embaixo, minha esposa devolveu os 26 edams ao interior do caixote, ao que eu voltei a cobri-los, dispondo as ripas soltas de madeira sobre eles.

— E agora chegou a hora de vocês provarem do queijo — disse eu, que já fizera sentir ali quem estava ao comando das operações.

Foi então que Jan apanhou uma das embalagens de papel de alumínio, lançou-a pelos ares, fez com que deslizasse da mão por sobre o braço estendido até que chegasse ao queixo, entregando-a a minha esposa só quando se deu conta de meu olhar. Ida, ansiosa por contribuir também, desvencilhou o queijo de suas vestes de alumínio, desnudando um exemplar vermelho de queijo tal como os conhecia de minha infância e como se encontravam em qualquer loja na cidade.

Após ficarmos contemplando o queijo por algum tempo, ordenei com uma expressão de impassibilidade estampada no rosto que o cortassem pela metade.

A primeira a experimentar foi minha esposa. Ida fez a faca deslizar até a metade e Jan ocupou-se do resto.

Minha esposa primeiro lhe sentiu o aroma, cortando uma fatia, de que experimentou e que repartiu então para dar um pedaço a cada filho. E eu presidia.

— E você, não experimenta? — perguntou por fim minha esposa, após ter engolido já alguns bocados. — É bem gostoso.

Eu não gosto de queijo, mas fazer o quê? Não sou eu quem deverei dar o exemplo daqui para frente? Não tenho de encabeçar o batalhão dos comedores de queijo?

Engoli então um pedaço, no mesmo momento em que meu irmão tocava a campainha.

Dispôs a bicicleta no corredor, como fazia todos os dias, ao que seus passos saltitantes ecoaram pela casa.

— Cheguei em boa hora? — perguntou, chegando à cozinha. — Esse aí é o seu queijo, rapaz?

Sem fazer cerimônias, cortou uma fatia do queijo e deu uma boa mordida.

Atentei para a expressão que se esboçava em seu rosto jovial. Primeiro franziu as sobrancelhas, como se provasse algo de suspeito, e voltou o olhar na direção de minha esposa, que ainda lambia os beiços.

— Magnífico! — declarou de repente. — Jamais experimentei um queijo tão delicioso em toda minha vida.

Se for verdade, posso tranqüilizar-me, pois ele tem 62 anos e passou a vida comendo queijo.

Se pelo menos meu escritório já estivesse pronto!

— E então, já vendeu muito? — quis saber, cortando outra fatia.

Disse que daria início às vendas assim que toda a questão organizatória estivesse concluída.

— Então dê uma boa acelerada — recomendou. — Isso porque, se as vinte toneladas devem servir de teste, espera-se que você venda aproximadamente dez toneladas por semana. Não se esqueça de que você é representante para o país inteiro, assim como para o Grão-Ducado. Se eu fosse você, tomaria coragem e sairia agora mesmo vendendo.

Abandonou o local, com efeito, no mesmo segundo, deixando-me a sós com esposa e filhos, e com o desgramado do queijo.

Fui na mesma noite à casa de Van Schoonbeke para datilografar uma carta endereçada a Hornstra no papel timbrado da Gafpa, uma vez que eu próprio ainda não adquiri uma máquina de escrever e me vejo na obrigação de acusar a Hornstra o recebimento da mercadoria. Aproveitei a ocasião para levar a Van Schoonbeke um meio edam, pois ele é muito suscetível a atenções.

Após ter experimentado, parabenizou-me mais uma vez e disse que guardaria o queijo para oferecê-lo a seus amigos no primeiro reencontro. Pediu permissão para lançar-me como candidato à presidência do Sindicato de Comerciantes de Queijo da Bélgica nas eleições que estavam para acontecer.

E agora, mãos à obra.

XII

Passei a semana inteira procurando uma escrivaninha de segunda mão, assim como uma máquina datilográfica. Posso garantir-lhe que percorrer todas as lojas de bricabraque da cidade antiga é uma tarefa ingrata.

As lojas estão sempre tão atulhadas que, da rua, não consigo nem distinguir se têm em seu estoque o que estou procurando, de maneira que tenho que entrar para perguntar. Um esforço mínimo que não me incomoda fazer: a parte delicada da questão é que não consigo deixar nenhuma loja sem ter comprado alguma coisa, assim como não saio de um café sem ter bebido algo.

Foi por isso que, logo de cara, comprei um jarro, um canivete e uma imagem em gesso de São José. O canivete pode ser-me útil, ainda que a idéia de usá-lo me contrarie; o jarro eu levei para casa, onde causou um certo furor. A imagem de São José eu deixei no parapeito de uma janela a algumas ruas dali, num momento em que ninguém me observava, safando-me rapidamente, já que, após ter levado o jarro, havia jurado não levar mais nada para casa. Não podia ficar errando eternamente pelas ruas com uma imagem em gesso.

Agora, porém, encontro-me à soleira da porta de uma loja e pergunto dali se por acaso tem à venda uma escrivaninha e uma máquina datilográfica. Enquanto eu estiver com a mão na maçaneta da porta, considero que ainda não entrei na loja, desobrigando-me moralmente de quaisquer compras supérfluas, que já me cansaram. O problema é que, se a porta não volta a ser fechada, a campainha continua tocando, e, se isso dura demais, você acaba parecendo um ladrão indeciso sobre o dar ou não seu golpe.

Para piorar, acresce-se o fato de que eu jamais ando tranqüilamente pela cidade. É certo que Hamer tem em sua posse meu atestado, mas uma pessoa doente deve permanecer em casa e não passear de loja em loja. Ando com receio de encontrar colegas da *General Marine*, pois não sei como comportar-me na condição de neurastênico. Se eu me deixar cair, jogam-me água no rosto, dão-me sais para cheirar ou ainda me levam para algum médico ou farmacêutico, que dirá que tudo não passa de fingimento. Não, isso não, muito obrigado. É melhor mesmo que não me vejam, de maneira que estou sempre alerta, pronto a dar meia-volta e enviesar-me por alguma viela.

Bem vistas as coisas, é aconselhável que minha ausência seja bem sentida e não dê margem a fofocas.

Por outro lado, gostaria de saber como andam as coisas no estaleiro.

Já são 9h15. Sei que meus quatro colegas escriturários estarão a uma hora dessas com as panturrilhas apoiadas nas estufas, cada um diante de sua máquina de escrever, como canonistas absortos em seus escritos. Um dos quatro conta alguma piada. Sim, a primeira meia hora sempre foi divertida. Hamer já terá aberto seu alfarrábio sem ter-se aquecido antes, enquanto que a telefonista passa levemente os dedos pelos cabelos loiros, em que fizera um permanente logo antes de minha saída. O matraquear dos martelos pneumáticos de rebite, provindo do estaleiro, alcança nossa sala, e, do lado de fora, logo abaixo das janelas, passa, expedita, nossa locomotiva-miniatura. Viramo-nos os cinco na direção da janela e cumprimentamos o velho Piet com seu uniforme azul e o lenço enrolado no pescoço, conduzindo o veículo com a tranquilidade de um cocheiro segurando as rédeas de seu rocim. À guisa de resposta ao cumprimento faz soar o apito a vapor. Mais além, ao longe, nossas altas chaminés cospem sua fumaça, que adeja no céu como uma bandeira negra.

Assim se encontram eles, os pobres coitados, ao passo que eu procuro desbravar a selva de pedra que é o mundo dos negócios.

Quem procura, acha. Tive recentemente a chance de comprovar o ditado, pois acabei por fim encontrando uma escrivaninha apropriada, com apenas alguns miúdos buracos de traça no feltro verde. Custou trezentos francos e, apesar de não ser nova, servirá tanto quanto uma de dois mil. Ou seja, minha esposa estava com a razão. Mas já havia perdido no meio-tempo uma semana com tanta procura, e meu queijo continua esperando com impaciência a libertação do calabouço.

A questão da máquina datilográfica também foi resolvida. Descobri que se alugam. Amanhã mesmo terei uma em casa, já estou familiarizado a ela, pois é uma outra versão da *Underwood*, com que ganhei meu pão durante trinta anos.

Na quarta-feira passada, dei início a minha turnê de vendas, e isso na casa de Van Schoonbeke, que se alegra ele próprio de que as coisas estejam andando tão bem.

Quando todos seus amigos se haviam sentado em seus respectivos lugares, abriu um armário e colocou sobre a mesa o que havia restado da metade do edam. Vi que ele próprio já havia consumido um senhor pedaço.

— Uma das especialidades do nosso amigo Laarmans — aclarou.

— Com licença. Da Gafpa? — perguntou o velho advogado. — Pode-se fazer uma prova?

E cortou um pedaço do queijo, passando o prato adiante.

Achei amável de sua parte tanta deferência em relação à Gafpa. Se tudo der certo, quero dar-lhe um edam de presente.

Um pouco depois, ouvia-se toda uma sinfonia de mastigações. Não acho que nenhum tipo de queijo jamais tenha sido venerado com tanto ardor como o presente e cremoso edam. Ouviram-se de todos os lados exclamações elogiosas e entusiasmadas, e o tal do esnobe perguntou a Schoonbeke onde poderia adquirir o queijo.

Tamanho era meu prestígio desde já que nem mesmo se atreviam a endereçar a mim as perguntas.

— Dou a palavra ao senhor Laarmans — explicou meu amigo, enquanto abocanhava outro pedaço do queijo.

— Pois claro — disse um outro. — Só mesmo o próprio senhor Laarmans para informar-nos melhor.

— E você realmente acha que o senhor Laarmans se ocupa de assuntos tão triviais? — perguntou o velho. — Está óbvio que não. Se quiser o queijo, telefone à Gafpa.

— Telefone e diga que quer que lhe entreguem cinqüenta gramas em domicílio — complementou seu vizinho.

Disse com um certo ar de descaso que a Gafpa só vende um número de doze caixas com 27 exemplares cada uma, mas que, não obstante, eu estaria disposto a vender-lhes o cremoso edam por varejo, mas a preço de atacado.

— Um brinde triplo ao nosso amigo Laarmans — exclamou o velho, voltando a esvaziar seu copo.

De maneira que, sim, sabem meu nome.

Tomei então minha caneta-tinteiro e anotei as encomendas. Cada um deles pedia dois quilos de queijo. Na hora de partir, enquanto colocávamos nossos sobretudos, o velho perguntou-me se não poderia fazer-lhe uma exceção, enviando-lhe apenas a metade, já que vivia só com a irmã e uma empregada. Atendi a seu pedido, pois ele tinha sido o primeiro a usar o nome "Gafpa".

— Oras, o senhor não está tentando fazer com que eu acredite que a Gafpa não vende nada além de queijo? Não me venha com absurdos.

Admiti que queijo era um produto secundário, dizendo, porém, que os demais produtos só eram vendidos a comerciantes de lojas.

XIII

Só agora é que começo a sentir na pele o que dizem a respeito de o tempo ser dinheiro, pois perdi uma manhã inteira com a entrega das sete embalagens e meia.

Encontrei no sótão uma valise de vime em que cabem três exemplares de queijo, e fui eu mesmo fazer as entregas, porque, depois da escola, meus meninos têm muitos deveres de casa, além do que meu filho Jan não deixaria de fazer seus malabarismos no caminho com as encomendas.

Quando minha esposa me viu descer ao porão com a valise, tive de contar-lhe de que se tratava. Teria preferido fazer o que tinha a fazer às ocultas por temer que ela visse na situação algo de cômico. Afinal, carregar os queijos para cima e para baixo não cai muito bem ao proprietário do negócio, bem o sei, mas não poderia fazer com que os Depósitos *Blauwhoeden* fizessem a entrega dos queijos um por um, algo que eles aliás nem fazem. Mas minha esposa não viu nada de estranho na questão.

— Já é um começo — opinou. — Pelo menos, é uma maneira de fazer com que nosso queijo fique conhecido.

Aquele "nosso" me soou bem. Quer dizer então que ela participa de tudo, tomando suas responsabilidades.

Espero que eles não façam mais pedidos, pois a entrega me pareceu muito dificultosa.

Em primeiro lugar, tive de passar, com um expressão impassível no rosto, diante da senhora Peeters, nossa vizinha, que se deixa estar todo dia à soleira da porta ou à janela. Entro então no bonde, e a valise obstrui o caminho de todos. Até que chego ao destino. Toco a campainha, a porta é aberta por uma serviçal, e lá me encontro eu com a cesta, pois o objeto em questão se parece mais com uma cesta que com uma valise. Vejo-me obrigado a dizer que trago o queijo, ao que a serviçal vai avisar sua patroa, provavelmente ainda na cama. Das oito senhoras que visito, duas não sabem de queijo algum, e tenho a maior dificuldade do mundo em fazer que aceitem as tão pesadas encomendas, o que acabo conseguindo ao dizer que não precisam desembolsar dinheiro nenhum.

Agora me encontro em meu escritório, após a exaustante excursão, e outra visita de meu irmão, que diariamente pede estatísticas acerca dos queijos vendidos e não vendidos. Como bom médico que é, sabe enfiar a faca na ferida vez ou outra.

Contei-lhe sobre o queijo que havia vendido na casa de Van Schoonbeke. Agradou-lhe saber que todos se deliciaram com ele. De imediato, porém, fez um pequeno cálculo e disse que "se trata apenas de sete e meia das dez mil embalagens. Se você continuar nesse andamento, os seus últimos exemplares de queijo serão vendidos daqui a trinta anos. Mãos à obra, meu rapaz, mãos à obra, senão a coisa pode acabar mal".

A questão é: como é que eu me desfaço de tanto queijo?

Por um momento, pensei em visitar todas as lojas de laticínios da cidade em que se vendam queijos com alguns exemplares dentro de minha valise. Mas, procedendo assim, deixaria meu escritório às moscas. E me parece que a minha presença no escritório é fundamental para tratar da correspondência e da contabilidade. Tampouco poderia deixar minha esposa atender às chamadas dos clientes, que ela já tem trabalho mais que suficiente.

Não, meu queijo deve ser comercializado por um grupo de vendedores experientes. Sujeitos que saibam infiltrar-se até na menor das lojas, falar com convicção, trazendo-me uma ou até mesmo duas vezes por semana suas encomendas. Sim, duas vezes por semana: às segundas e às quintas, de maneira a que eu também possa organizar-me melhor. Anoto os pedidos meticulosamente, dou instruções aos depósitos quanto à entrega, faço a contabilidade, trato das cobranças, subtraio os cinco por cento que me cabem por direito e remeto o saldo semanalmente a Hornstra. Desta maneira, não chego nem mesmo a manipular o queijo.

Foi assim que mandei publicar um anúncio:

> Grande importador de queijos edam procura representantes experientes, de preferência com clientela já feita em queijarias, em todas as cidades do país e no Grão-Ducado de Luxemburgo. Escrever a Gafpa, Verdussenstraat 170, Antuérpia, com referências e menção do último ramo de atuação.

O resultado não se fez esperar.

Dois dias depois, encontrei sobre o aparador 140 cartas de todos os tamanhos e cores. O carteiro tivera de tocar a campainha, pois não conseguira fazê-las entrar pela caixa de correio.

Vejo que estou no caminho certo e que, pelo menos, poderei agora fazer uso de minha máquina datilográfica. O primeiro que fiz foi abrir todas as cartas e triá-las por estado.

Quero comprar um mapa da Bélgica para assinalar nele com um alfinete todas as cidades em que contratarei um representante. Isso me dará uma visão geral excelente. E rua para os que não venderem bem.

Bruxelas está à frente, com setenta cartas. Segue Antuérpia com 32. As outras cartas são de candidatos espalhados por outras cidades. Só mesmo do Grão-Ducado foi que não me chegou carta alguma, mas isso é secundário.

Uma vez abertas e classificadas todas as cartas, acabei recebendo outras cinqüenta, que devem ter sido postadas com atraso. A coisa anda bem. Comecei com Bruxelas. Há gente que conta todo seu histórico de vida, desde os mais tenros anos. Muitos abrem suas cartas dizendo que participaram da Primeira Guerra Mundial na condição de soldados e que agora levam sete condecorações de guerra. Não vejo que relação isso possa ter com a venda de queijos. Outros ainda falam de suas numerosas famílias e das provações passadas, fazendo um apelo a meu coração misericordioso. Lendo algumas das cartas, fiquei com os olhos rasos de lágrimas. Vou guardá-las num lugar especial, pois não quero que caiam nas mãos de meus filhos, que não me deixariam mais em paz até que eu desse preferência a esses candidatos. Mas eu tenho de mostrar-me inflexível.

Se respondo a todas as cartas, faço-o não só por pura cortesia, mas também para poder datilografar em minha máquina, porque muitos dos candidatos nunca trabalharam no comércio, tendo no máximo vendido cigarros num passado remoto. Outros parecem ter escrito só por prazer. Os que preenchem os pré-requisitos escrevem de uma maneira decidida e pedem pormenores no que diz respeito à comissão e ao salário fixo. Esses se dão ares, como se estivessem dispostos a pensar na possibilidade de fazer-me o grande favor de aceitar a representação.

É claro que nem me ocorre dar um salário aos sujeitos. Eles estariam pensando o quê? Ganham seus três por cento e que se dêem por felizes. Eu retenho dois por cento, acrescidos dos trezentos florins mensais.

No momento em que me acomodava prazeirosamente diante de minha *Underwood*, tocaram a campainha. Ouço-a daqui, mas não dou maior atenção ao fato, pois nunca abro pessoalmente a porta quando me encontro em meu escritório. Logo em seguida, porém, minha esposa veio ter comigo, dizendo que três senhores e uma senhora desejavam falar-me. Traziam consigo um embrulho.

— Ponha a gravata e o colarinho — recomendou ela.

Quem poderia ser? Seguramente candidatos que haviam preferido vir ver-me em pessoa em vez de escrever.

Quando abri a porta de nossa pequena sala, vieram-me ao encontro quatro mãos estendidas. Tratava-se de Tuil, Erfurt, Bartherotte e da senhorita Van der Tak, os meus quatro colegas de trabalho na *General Marine*.

Senti o sangue esvair-se de meu rosto, e eles devem ter-se dado conta de algo, porque Anna Van der Tak puxou uma cadeira e sugeriu que eu me sentasse.

— Não se canse de maneira alguma. Já, já, nós vamos embora — assegurou-me.

Haviam decidido vir fazer-me uma visita para ver com os próprios olhos como eu me encontrava, pois corriam no escritório os boatos mais disparatados.

Tuil apresentou suas desculpas por terem vindo ver-me no período da tarde, mas eu bem sabia que não podiam ausentar-se durante o expediente. E visitar a um doente à noite é algo que não se faz.

Fitavam-me longamente, trocando entre si olhares de inteligência mútua.

Muitas coisas haviam mudado no trabalho naquelas parcas semanas. Haviam-nos colocado agora de costas para a janela, em vez do contrário, cada um deles havia recebido um novo mata-borrão, e Hamer estava de óculos.

— Você consegue imaginar o Hamer de óculos? — perguntou Erfurt. — É de se torcer de rir.

Enquanto falavam, ouvi de repente os passos de meu irmão, que entrava em casa. Encostou a bicicleta na parede e dirigiu-se à cozinha, como fazia todas as tardes. Seus passos marciais ecoavam, estrondosos, pelo corredor.

Receei que perguntasse de onde estava a quantas andava a venda dos queijos, pois costuma berrar como um feirante, com demasiado ardor. Mas minha esposa deve tê-lo feito calar-se por meio de gestos, pois logo o ouvi ir embora na ponta dos pés.

Foi quando Tuil fez um pequeno discurso em nome de todos os colegas de trabalho, expressando o voto de que eu estivesse logo curado e forte como um touro, a fim de reocupar meu lugar cativo entre eles.

Bartherotte, com um gesto solene, fez de repente aparecer de detrás de suas costas um grande embrulho, estendendo-o em minha direção e pedindo que o abrisse.

Era um tabuleiro magistralmente polido de gamão, tinha quinze peças brancas e quinze negras, dois estojos de couro e dois dados. Via-se no lado de fora uma chapa prateada com a inscrição:

DOS FUNCIONÁRIOS DA
GENERAL MARINE AND SHIPBUILDING COMPANY
A SEU COLEGA
FRANS LAARMANS

ANTUÉRPIA, 15 DE FEVEREIRO DE 1933

Haviam feito uma vaquinha; até mesmo o velho Piet da locomotiva havia contribuído com seus francos.

Com um último aperto vigoroso de mãos, deixaram-me.

O gamão deveria servir como distração. Que eu jogasse partidas com minha esposa e meus filhos até que estivesse curado.

Minha esposa não perguntou nada. Está cozinhando, com uma expressão de preocupação no rosto. Sei muito bem que qualquer palavra mais áspera de minha parte a fará chorar.

XIV

Contratei há duas semanas trinta representantes, distribuídos pelo país inteiro, sem salário fixo, mas com uma senhora comissão. De pedidos, porém, até agora nada. O que estarão fazendo os representantes? Nem mesmo me escrevem, e meu irmão, arraigado como sempre, continua perguntando pelas cifras de venda.

Tive de escolher os representantes com uma boa vista d'olhos, como se faz com gado num mercado livre.

Fiz com que viessem ver-me em meu escritório de dez em dez, uns algo antes, outros logo depois, de maneira a evitar que os concorrentes se encontrassem cara a cara. Como diz o ditado: dois carneiros de chifre não bebem na mesma tigela.

Como a senhora Peeters, minha vizinha, deve ter se divertido!

Foi uma surpresa atrás da outra.

Os redatores das cartas mais esmeradas revelaram ser verdadeiros fiascos, e vice-versa. Havia de tudo: grandes, pequenos, velhos, novos, pais de família ou não, homens vestidos com apuro, outros quase maltrapilhos, alguns suplicantes, outros ameaçadores. Falaram-me de famílias ricas ou de ex-ministros de seu conhecimento. Tive a estranha sensação de ser o homem, sentado ali como estava, que, com a enunciação de uma só palavra, tem o poder de converter um homem jubiloso no pior dos mortais.

Um deles disse com grande franqueza estar passando fome, afirmando dar-se por satisfeito com um exemplar do queijo, com ou sem representação. Comovi-me tanto que acabei por dar-lhe um edam. Inteirei-me posteriormente que, ao ser conduzido à porta por minha esposa, havia ainda conseguido subtrair-lhe um par de sapatos velhos meus.

A outros eu não conseguia mandar embora, deleitados como estavam com o calor que reinava em meu escritório. Dois afirmaram não ser viável mandar vir candidatos a Antuérpia sem restituir-lhes os custos de locomoção. Paguei-lhes e fim.

Anotava em suas cartas: ruim, duvidoso, bom, calvo, bebe, com bengala, e assim por diante, já que, depois de ver o décimo candidato, já nem me lembrava mais dos primeiros.

Cogitei a possibilidade de cuidar eu, sim, da representação em Antuérpia. Seria eu, o próprio Frans Laarmans, representante da Gafpa aqui em Antuérpia. Mas, sempre que penso em meu escritório vazio, fico todo desassossegado. Que pensariam os clientes da Gafpa se ninguém respondesse ao telefone?

Foi quando apareceu meu cunhado mais jovem a perguntar-me se não poderia tentar assumir a representação em Antuérpia. Ele é na verdade lapidador de diamantes, mas, pela escassez de trabalho, anda parado há meses.

— A Fine me disse que o melhor seria vir perguntar em pessoa — esclareceu, com a atitude submissa de quem sabe ter o respaldo de forças maiores.

Fui à cozinha procurar "Fine" para ouvir de sua boca a confirmação de que havia sido assim. Ela só fez dizer-me que ele vinha todos os dias rezingar sobre o queijo. Mas agora não é ela quem tem a última palavra, como aconteceu na questão relativa a trocar ou não o papel de parede em meu escritório.

Mesmo assim, voltei a perguntar-lhe num tom de objetividade, fitando-a nos olhos:

— Confio Antuérpia ao Guus ou não?

Resmungou algo que eu nem sequer entendi e pegou um balde com roupa por lavar, dirigindo-se ao porão.

E sobrava-me outra opção senão a de dar uma chance ao rapaz? Mas, se não vingar, rua para ele, independentemente de ser meu cunhado ou não. Bem, é claro que isso me custaria um exemplar de queijo, cuja cor eu não voltaria a ver.

Mandei imprimir comandas, divididas nas seguintes colunas: data da encomenda, nome e endereço do comprador, quantidade de caixotes com mais ou menos dois quilos, preço por quilo e data de cobrança. Em cada uma das comandas há espaço para quinze encomendas. Para começar, distribuí dez comandas a cada um dos representantes, o que lhes bastará para cinco semanas.

Tudo da maneira mais simples e prática possível. Só precisam preencher suas comandas às segundas e às terças, fazendo-as chegar a mim por correio. O resto segue por si só.

Mas, visto que não recebo comanda alguma, resolvi por fim ir procurar pessoalmente meus dois representantes em Bruxelas, Noeninckx e Delaforge, para saber o que acontece e para oferecer-lhes conselhos e apoio. Aliás, havia dividido Bruxelas em duas regiões, a zona leste e a oeste, já que a cidade é demasiado grande para que um só representante dê conta de tudo.

Após uma viagem sem fim de bonde, vim a descobrir que nunca se havia ouvido falar de qualquer Noeninckx no endereço assinalado por ele. Assim sendo, como poderia ter recebido minhas cartas, já que elas não me voltaram?

Delaforge mora numa região bem diferente, num apartamento de sótão, imagino, o último andar a que conduzia a escada. No patamar se via roupa a secar, e o lugar rescendia a arenque frito. Estive um bom tempo parado ali a bater à porta, até que o próprio viesse por fim abri-la em mangas de camisa, com os olhos inchados de sono. Nem sequer me reconheceu e, quando lhe disse quem eu era, mandou-me para o inferno com meu queijo e tudo mais, batendo-me a porta à cara.

Não entendo mais nada.

XV

Cheio de preocupações na cabeça, fui fazer, desanimado, minha visita semanal a Van Schoonbeke e companhia. Não esperou nem que eu desse a mão a todos para parabenizar-me mais uma vez. Olhei-o com uma expressão de repreensão, pois considero parabéns periódicos infundados como algo humilhante, e não gosto que brinquem comigo. Foi quando ele informou o seguinte — não só aos demais como a mim próprio —, em palavras sucintas:

— O nosso amigo Laarmans foi eleito presidente do Sindicato dos Comerciantes Belgas de Queijo. Brindemos ao seu grande sucesso! — declarou.

Todos esvaziaram seus copos, pois estão sempre mais que dispostos a brindar ao que quer que seja com o vinho de Van Schoonbeke.

— Este jovem vai longe — disse o conviva das coroas de ouro.

Protestei, pois evidentemente só poderia tratar-se de uma brincadeira infame por parte do anfitrião, mas o advogado do meio exemplar de queijo declarou que um *self-made man* deveria desfazer-se da modéstia como se se desfizesse de um casaco puído. Mantenhamos alto o baluarte da empresa queijeira, meus senhores!

Quando me conduzia à porta, perguntei a Van Schoonbeke o por quê da bravata, mas ele insistiu que a coisa já estava consumada, abrindo um sorriso amical, em sua condição de homem cheio de boas intenções.

— Presidente! — frisou com admiração. Está claro que ele considera o fato um ganho de prestígio, não só para mim como também, indiretamente, para si próprio e seus amigos. Eu seria o segundo presidente do grupo, pois um dos camaradas ali era presidente de Associação de Importadores de Cereais de Antuérpia.

Não entendo, porque não só não pedi nada como nem sequer conheço a tal da associação, apesar de ser membro integrante dela.

O correio trouxe-me na manhã seguinte maiores esclarecimentos na forma de uma carta remetida pela *Association Professionnelle des Négociants en Fromage*, na qual eu era informado de que tinha sido eleito presidente interino. O termo "interino" por si só já me parece exagerado. Não quero ocupar o lugar de ninguém. Quero que meu irmão fique de boca fechada, que meu negócio vá para frente e que meus representantes vendam. E que me deixem em paz. Citavam também a razão da escolha: três anos antes, os direitos de importação de queijo tinham sido elevados de dez a vinte por cento *ad valorem*, e eles, sob a direção de seu antigo presidente, tinham estado, desde então, fazendo o possível para reduzir os tais dez por cento. Seriam recebidos na sexta-feira — ou seja, amanhã — numa audiência no Departamento de Comércio e instavam-me a que eu encabeçasse a delegação.

A carta desassossegou-me como só, pois sei muito bem que se daria uma certa notoriedade ao nome do presidente de uma tal associação de classe. E não podia ser de outro modo. Mas eu não quero por nada neste mundo que Hamer e todo o quadro de funcionários da *General Marine* se aglomerem qualquer dia desses ao redor de um jornal em que figure minha fotografia como sendo a do líder queijeiro da Bélgica. Isso não pode acontecer. Não quero expor-me assim.

Regresso amanhã a Bruxelas e digo aos tais senhores que minha saúde não me permite aceitar o cargo. Se se mostrarem resistentes, peço demissão como membro e mando sua associação ao quinto dos infernos. Sentiria muito por Van Schoonbeke, mas não tenho outra opção.

Chegando ao Palace Hotel, encontrei quatro comerciantes de queijo que se apresentaram como sendo Hellemans de Bruxelas, Dupierreux de Liège, Bruaene de

Bruges e um quarto, de Gante, cujo nome me escapou. Como já estava na hora, tínhamos de pôr-nos a caminho.

— Meus senhores — disse eu —, não me levem a mal, mas não posso aceitar. Procurem outra pessoa, e eu lhes serei eternamente agradecido — concluí num tom de súplica.

Mas eles não cederam, além de que não tínhamos mais como voltar atrás, porque o diretor-geral — ou talvez o ministro em pessoa — nos estava esperando às dez horas, e os nomes dos cinco constavam na lista de recepção. Não haviam esperado protesto algum de minha parte, pois o advogado de Antuérpia dissera que tinha sido eu a pedir o cargo. Você já viu. Outro expediente de meu temível amigo, que queria ver-me por cima.

— Ouça — disse Dupierreux, que estava começando a irritar-se —, se o senhor não quiser ser o nosso presidente, então pelo menos nos ajude a dar esse passo agora. Daqui a uma hora estará dispensado do cargo.

Sob essa condição, acabei por ceder, seguindo com eles.

Após passarmos um bom tempo sentados numa sala de espera com uma delegação de fabricantes de cerveja, convocaram meu grupo, exclamando em alto e bom som tratar-se da *Association Professionnelle des Négociants en Fromage*, e nos guiaram, em seguida, para o gabinete de um tal senhor de Lovendegem de Pottelsberghe, diretor-geral do departamento, que nos cumprimentou cortesmente, indicando-nos cinco assentos diante de sua mesa.

— Presidente, queira sentar-se — disse Hellemans. Só quando eu me havia sentado foi que os demais me seguiram o exemplo.

O diretor-geral ajustou seus óculos e pôs-se a vasculhar uma pilha de papéis até encontrar um dossiê, no qual deu uma passada d'olhos. Não precisou de muito tempo, o que me fez suspeitar que já estava inteirado do caso. Balançou repetidamente a cabeça e deu de ombros, como se a encontrar perante si uma tarefa impossível. Até que se recostou em sua cadeira, fitando a todos nós, mas especialmente a mim.

— Meus senhores — declarou —, sinto muitíssimo, mas isso não será possível neste ano. A questão abriria uma brecha no presente orçamento, isso sem falar das violentas repercussões que isso teria junto aos fabricantes belgas, com uma campanha na imprensa e a clássica interpelação parlamentar. Mas veremos o que podemos fazer para o ano que vem.

Foi quando tocou o telefone.

— Que os colombófilos esperem que eu tenha terminado com os negociantes de queijo — exclamou com aspereza, recolocando o telefone no gancho. — Mas — seguiu ele num tom consolador — eu lhes prometo que não cederei se os nossos próprios fabricantes vierem daqui a uma semana mais ou menos exigir um aumento de dez por cento.

Consultou seu relógio.

Meus quatro vigias olharam em minha direção, e, como eu não dizia nada, Dupierreux declarou que todos já sabiam havia muito que o que lhes diziam quando de cada visita era sempre a mesma coisa. Seguiu-se uma discussão sobre gêneros de queijos nacionais e de importação, com menção de estatísticas de que eu não entendia nada. As vozes dos quatro fundiram-se num só zunido, que parecia cada vez distanciar-se mais e mais de mim. Recuei então, por fim, alguns passos e lancei um olhar ao quarteto reivindicatório. Lá estava Hellemans, um homem de mais idade que envelhecera nos ossos do ofício; Bruaene, um sujeito encorpado, radiante de saúde e com uma corrente de ouro grossa pendendo sobre o ventre; Dupierreux, um homenzinho neurastênico que só se continha a muito custo; por fim, o sujeito de Gante com suas mãos nodosas, que pendiam para frente, os cotovelos apoiados sobre os joelhos para não perder uma sílaba do que estava sendo dito. Todos homens conceituados no ramo queijeiro, homens com um passado, calejados na tradição do ofício, homens que impunham respeito, homens adinheirados. E, em seu número, o desalinhado Frans Laarmans, que não entendia de queijos mais que entendia de produtos químicos. A que joguetes se haviam entregue aqueles quatro ratos queijeiros com um coitado como eu? Foi quando meu assento como que foi puxado por uma força invísivel. Lá me encontrava eu de pé e, com um olhar feroz em direção aos quatro marmanjos enqueijados, declarei, em alto e bom som, que já estava farto daquilo tudo.

Fitaram-me, estarrecidos, como se presentes diante da primeira explosão de insanidade de um conhecido.

Vi como de Lovendegem de Pottelsberghe empalidecia. Levantou-se, contornou sua mesa, caminhou às pressas até mim e pousou-me amistosamente uma mão lívida sobre o braço.

— Ora, ora, senhor Laarmans — apaziguava-me —, também não era essa a minha intenção. O que lhe parece uma diminuição de cinco por cento este ano e de mais cinco no ano que vem? Seja um pouco complacente, pois não tenho como assumir a responsabilidade de fazer toda a concessão de uma só vez.

— De acordo — disse o sujeito de Gante.

Encontrava-me logo em seguida do lado de fora, na calçada, rodeado por meus companheiros de ofício, que me davam a mão ao mesmo tempo.

— Senhor Laarmans — murmurou Dupierreux, sensibilizado —, nós agradecemos. Jamais teríamos esperado por isso. É formidável.

— Mas a minha função de presidente acaba aqui de uma vez por todas, certo?

— Naturalmente — tranqüilizou-me Bruaene. — Não precisamos mais do senhor.

XVI

Chegou uma carta de Amsterdã em que Hornstra diz que deverá ir a Paris na terça-feira e que aproveitará de sua passagem pela Bélgica para acertar comigo as primeiras vinte toneladas. Estará aqui às onze horas.

Seria de vergonha ou de raiva? Não sei. Só sei que, ao ler a carta, enrubesci violentamente, apesar de estar só em meu escritório — em que nada mais faltava —, resguardado de olhares alheios.

Meti a carta no bolso, pois não quero que minha esposa tome conhecimento, pois passaria a notícia a meu irmão. Uma única coisa é certa: se os edams não forem vendidos em cinco dias, a Gafpa será torpedeada. Na verdade eu só tenho quatro dias, pois o domingo não conta para um homem de negócios.

Com o coração espremido no peito, apanhei minha mala do sótão, enfiando nela um de meus exemplares de queijo. Minha esposa com certeza pensará que se trata de outro pedido de meus amigos.

Em frente, Frans! Chega de toda essa história de instalação de escritório. Chegou a sua vez de pôr mãos à obra, sem outra ajuda que a de sua lábia e a qualidade dos seus cremosos.

Eu sei muito bem aonde ir. Se se faz comércio de queijo em algum lugar, então esse lugar é ali.

Mas o que eu digo? Pergunto sem mais nem menos se querem comprar um pouco de queijo?

Dou-me conta agora de que me falta experiência, pois nunca vendi nada na vida. E, de repente, tenho de vender queijo. Quem me dera se tratasse de mimosas! Seja como for, vejo-me confrontado com um problema dos mais corriqueiros. Afinal, como procedem os milhões de comerciantes mundo afora? Eles também têm sua vez.

O exemplar de *Le Soir* continua sobre minha escrivaninha. Abro-o mais uma vez para contemplar meu anúncio. Tem um aspecto tão bom que tenho vontade eu próprio de responder a ele oferecendo meus serviços.

Meu olhar desliza involuntariamente para um pequeno anúncio inserido logo abaixo do meu: "Consultoria oral e escrita para comerciantes e representantes com dificuldades em vender seu produto. Experiência de anos no ramo. Boorman, Villa des Roses, Brasschaet."

O tal distrito não fica muito longe daqui. Por que não consultar o homem antes de atrever-me a dar o passo decisivo?

Dito e feito: fui visitá-lo como um enfermo que, sem que seu médico saiba, vai procurar ajuda de curandeiros.

Tive de esperar minha vez.

Boorman é um homenzinho velho e atarracado, com uma cabeçorra e o olhar fixo, e mantém-se sentado de costas para a janela. Deixa assim que a forte luz do dia incida sobre o rosto de seus visitantes.

Ouviu de minha boca toda a história referente à Gafpa sem interromper-me, dizendo-me então que havia dois pontos significativos que queria discutir comigo: como adentrar uma loja e o que dizer. Em primeiro lugar — o principal —, como chegar? Pode-se adentrar uma loja na condição de quem traz ou de quem vem pedir algo, como um homem de negócios ou como um mendigo. O elemento "mendigo" faz-se sentir mais pelo tom e pela postura que pelos trajes, afirma Boorman.

De maneira que se deve entrar com a maior tranqüilidade do mundo, talvez até com um charuto na boca, e pousar a valise displicentemente sobre o chão, como se nela estivesse contido tudo menos queijo, e perguntar se se pode ter a honra.

O outro dirá naturalmente que sim. Se ele não lhe conceder a honra, então o faz você.

Você se senta, se necessário, por livre e espontânea vontade.

Meu senhor, nós viemos especialmente de Amsterdã para oferecer-lhe o monopólio em Antuérpia de nossos cremosos queijos Gafpa, após nos termos informado sobre sua firma.

O *nós* implica na verdade a existência de toda uma comissão oficial, mas os demais integrantes permaneceram no hotel. Festejaram sua chegada na noite anterior.

Especialmente de Amsterdã é um apelo a seu bom coração, diz Boorman, já que, se ele acabar não comprando o queijo, só resta à comissão voltar para a cidade de onde veio após uma viagem perdida. Além disso, estaria abalada a confiança que havia sido depositada na firma, o que lhe causará uma certa comoção, pois aquele *após nos termos informado sobre sua firma* implica o fato de terem peneirado toda Antuérpia até ter sido encontrada sua firma.

E *nossos cremosos queijos Gafpa* demonstra que você tem o respaldo de toda a indústria de queijos holandesa.

Estava disposto a dar-me algumas outras lições, mas falta-me tempo, porque Hornstra já está a caminho.

Minha visita a Boorman é minha última esperança. Abandonado por todos, terei de investir sozinho contra o dragão queijeiro.

Passei desapercebido pela senhora Peeters com minha valise e tomei o bonde até chegar à loja da fabulosa vitrina, em que paira no ar o fedor de queijo.

Deixei-me primeiro estar diante da vitrine, procurando entre todas aquelas especialidades de queijo algum edam. Sim, ali estava, fatiado ao meio. Não é páreo para os meus cremosos, vejo desde já.

A loja desprende o mesmo cheiro daquela outra noite. É estranho, mas, agora que já me encontro há algum tempo no ramo, pareço suportá-lo ainda menos do que quando de minha viagem de volta de Amsterdã. Terei eu ficado mais sensível? Ou terá que ver com meu estado de espírito?

A loja, bem se vê, anda muito bem.

Do lado de dentro, vêem-se uma meia dúzia de clientes e as funcionárias atarefadas, cortando, embrulhando ou entregando a mercadoria.

É claro que não posso entrar assim sem mais nem menos enquanto houver fregueses, interrompendo o mecanismo em marcha para dar-lhes uma palestra sobre meus cremosos, pois, que chegarei a fazer um discurso, isso é certo. Quanto antes eu começar, melhor, senão uma vendedora talvez pergunte: "E para o senhor?". Não invertamos os papéis.

O movimento diminuiu. Só havia ainda uma única freguesa.

É agora ou nunca.

Mas duas das vendedoras, que estavam ali de braços cruzados, olham em minha direção, dizem algo uma à outra e começam a rir. A mais velha delas olha-se no espelho e alisa o vinco em seu avental. Será que elas imaginam que eu tenha vindo para fazer-lhes a corte?

Consulto meu relógio de pulso, dou-lhes as costas e, após esperar um pouco, sigo andando até a Bass Tavern.

Entro no café em questão, pois um policial também me lançou alguns olhares, e peço uma *pale-ale*. Bebo a cerveja de um só trago e peço para encherem-me outra vez o copo.

Voltar para casa sem fazer ao menos uma tentativa está fora de questão, pois quero estar em paz comigo mesmo. Uma consciência tranqüila vale mais que nada. Para que não me digam depois que me deixei afugentar pelas quatro cadelas da loja.

Meu segundo copo está vazio. Lanço um olhar a minha valise, apanho-a e dirijo-me à loja, pronto para uma entrada-relâmpago.

Ao passar pela vitrine, cerro de repente os olhos a fim de não ver quantos fregueses há do lado de dentro. Entrarei, nem que haja cem fregueses, e esperarei que me dêem a chance de dizer o que tenho a dizer. Se precisar, sento-me sobre minha valise para esperar, pois já não sei o que é vergonha.

A loja estava vazia. Só se viam as quatro vendedoras de branco atrás do balcão.

A qual delas dirigir-me? Não convém olhar de uma para a outra, que então eu acabo confundindo-me se as quatro responderem ao mesmo tempo.

Volto-me para a mais velha delas, a da pose coquete de logo antes, e digo que vim de Amsterdã especialmente para oferecer ao senhor Platen o monopólio em Antuérpia de nossos cremosos edams a um preço abaixo da concorrência.

O nome Platen estava escrito na vitrine; esse detalhe não me havia escapado.

Enquanto vou concluindo minha oração, vejo que vai abrindo a boca, e, quando termino, pergunta-me:

— O que foi que o senhor disse?

Estranho: quando você vem vender algo as pessoas não o entendem.

Pergunto-lhe se tem a bondade de ir chamar o patrão, pois aquelas quatro ali não me ajudariam em nada. Aliás, de repente entram três fregueses e, logo em seguida, mais dois. E aí recomeça a ladainha: "E para a senhora?".

Deixam-me plantado ali, em meio a grandes bolas de manteiga, cestas cheias de ovos e latas de conserva empilhadas.

Pois é, os clientes vêm sempre em primeiro lugar, não há nada o que fazer.

A máquina registradora não pára de tinir e eu as ouço gralhar — *Merci, Madame*.

Pergunto à queima-roupa se o senhor Platen está, ao que me franqueiam a entrada a seu escritório, na parte dos fundos da loja.

Passo cuidadosamente rente à manteiga e ponho-me a espreitar através de uma porta de vidro. Pois, sim, há alguém ali dentro. Bato à porta e Platen — era o próprio — diz:

— Entre.

Seu escritório não chega aos pés do meu. Trata-se de uma mistura de escritório com sala de estar. Vê-se também um fornilho de gás. Como o homem pode trabalhar ali dentro eu não sei. E aquilo era ambiente para um homem de negócios que se preze? Mas papéis há aos montes, e ele parece estar atarefado. Está sentado ao telefone em mangas de camisa, sem gravata ou colarinho.

Pergunta-me com um olhar, sem desligar o telefone, o que desejo. Faço-lhe sinal de que conclua a chamada, ao que me pergunta qual o objetivo de minha visita, pois logo teria que ir à cidade e não teria tempo a perder.

Repito o que havia dito na loja, pausadamente e com uma postura e uma inflexão de voz algo afetadas. Havia no meio-tempo cruzado as pernas.

Escrutina-me e diz:

— Cinco toneladas.

Fico boquiaberto. Apanho minha caneta-tinteiro, até que o ouço dizer ao telefone:

— Cinco toneladas lhe custarão quatorze francos por quilo.

Pôs o telefone no gancho, levantou-se e pôs-se a vestir o colarinho.

— O senhor trabalha para quem? — perguntou Platen, ao que lhe respondi: Hornstra.

— Eu próprio trabalho no mercado de queijos em atacado. O Hornstra eu conheço bem. Trabalhei para ele anos a fio como representante na Bélgica e no Grão-Ducado de Luxemburgo, mas ele acabou me saindo caro demais. Ou seja, não desperdice o seu tempo comigo.

De maneira que ele também tinha recebido o Grão-Ducado de Luxemburgo de brinde.

— Sai comigo? — perguntou-me ainda. — Se precisar ir a cidade, posso lhe dar uma carona.

Foi o que fiz, só por parecer-me a melhor maneira de esquivar-me aos olhares das quatro vendedoras.

Permaneci em seu carro até que parasse diante de uma loja de queijos menor e saísse ele próprio. Se tivesse ido a Berlim, eu teria ido com ele.

Agradeci, apanhei minha mala e tomei o bonde para casa.

Minhas baterias estavam esvaziadas. Haviam-me sugado o sangue.

XVII

Em casa, porém, esperava-me outra surpresa. Quando Jan voltou da escola, disse, num tom exclamativo, que havia vendido queijo.

— Uma caixa inteirinha — afirmou.

Quando apanhei o jornal, displicentemente, como se não houvesse ouvido nada, Jan correu até o telefone, discou um número e iniciou uma conversa com um de seus camaradas. Primeiro disse algumas besteiras em inglês, após o que o ouvi pedir a seu amigo que chamasse o pai ao telefone:

— E ande logo, senão amanhã eu lhe dou um murro bem dado com a esquerda.

Apressou-se então a gritar:

— Pai, pai!

Ele não havia mentido.

Pus-me então a falar com um desconhecido bastante simpático, que afirmou ser um prazer falar com o pai de Jan.

Quis confirmar se eu poderia entregar-lhe uma caixa com 27 exemplares.

— Eu vendi uma caixa, tio — exclamou Jan, quando viu entrar meu irmão.

— Muito bem, meu rapaz. Mas seria melhor que você se dedicasse mais ao seu grego e ao seu latim. Deixe a questão do queijo com seu pai.

Acabei indo eu próprio entregar a caixa, como mostra de atenção para com o pai do amigo de Jan. Levei-a de táxi.

Na mesma noite, houve briga em casa, entre Jan e Ida.

Ele ri da irmã por ela não ter ainda vendido nada. Canta: "queijo, queijo, queijo, queijo" numa escala ascendente do gênero dó, ré, mi, fá. Quando ela parte para cima dele, ele a mantém afastada com seus braços longos para não levar pontapés. Isso até que ela começa a chorar e confessa que não se atreve mais a falar sobre queijo na escola, porque logo logo vai ser chamada de queijeira.

Ou seja, ela também havia tentado.

Mando Jan para o jardim e dou um beijo em Ida.

XVIII

Incapaz de trabalhar, passo os últimos dias como num sonho. Será que agora eu fico doente de verdade?

Agora há pouco, recebi a visita do filho do tal do tabelião Van der Zijpen, sobre quem Van Schoonbeke me havia falado.

Trata-se de um rapaz distinto de mais ou menos 25 anos, que fede a cigarros e não consegue parar no lugar um único minuto sem se pôr a ensaiar passos de dança.

— Senhor Laarmans — disse ele —, sei que o senhor é um amigo do Albert Van Schoonbeke, ou seja, é um *gentleman*. Conto com sua discrição.

O que responder a isso, sobretudo num estado de espírito como o meu? Só fiz assentir com a cabeça.

— O meu pai está disposto a comanditar sua empresa Gafpa. Segundo os meus cálculos, conseguiríamos arrancar dele duzentas mil pilas, talvez até mais.

Deteve-se para oferecer-me um cigarro, acendeu ele mesmo um e ergueu o olhar em minha direção para ver que efeito suas palavras introdutórias haviam deixado em mim.

— Continue, meu senhor — solicitei com frieza, pois as palavras "arrancar" e "pilas" haviam-me contrariado.

— Continuar? Muito fácil — disse com descaramento. — Eu me torno seu sócio por um quarto do lucro e um salário mensal de quatro mil francos. O senhor também receberá quatro mil por mês, evidentemente. Mas é que eu não levo jeito algum para o comércio e não tenho a menor intenção do mundo de passar os meus dias trancafiado aqui. O que lhe sugiro é que me pague por mês apenas três mil, ao que eu assino recibos de quatro mil, sob a condição de que não tenha que pôr os pés no seu escritório, nem mesmo para vir buscar o dinheiro. Eu lhe aviso onde pode ir me entregar. Com os duzentos mil nós nos ajeitamos por dois anos, depois disso, vemos. Talvez pensemos então num aumento de capital. No que diz respeito à minha participação no lucro, eu a dou de presente ao senhor. Não é uma oferta irrecusável?

Respondi que precisava pensar no assunto e que lhe daria uma resposta por intermédio de Van Schoonbeke.

Logo que partiu, despendurei da parede meu mapa da Bélgica engalanado de bandeirolas, em volta das quais se desenhava a região coberta por meus representantes, e o guardei.

Deveria escrever-lhes mais uma vez?

Oras bolas, ponto final. Está na hora de dar um fim a essa miséria queijeira.

Eu tinha duzentas folhas timbradas com o nome da Gafpa. Cortei o cabeçalho de todas a fim de que Jan e Ida pudessem utilizar as folhas em branco. A outra parte servirá de papel higiênico.

Dirigi-me então ao porão.

Na caixote ainda se encontravam quinze exemplares e meio do queijo. Contemos: um deles ficou com a alfândega e os Depósitos; um segundo foi repartido entre mim e Van Schoonbeke; sete exemplares e meio foram para seus amigos; um eu havia dado ao representante que viera mendigar e ainda outro a meu cunhado. Vinte e sete menos onze e meio. Confere. Hornstra não poderá queixar-se de falta de exatidão de minha parte.

Aquele meio exemplar é que me incomoda. Por que é que o tal do velho tinha que pedir só um meio exemplar? Sopeso-o na mão, indeciso. Exemplares inteiros eu posso restituir, mas meios, não. Jogá-lo no lixo seria desperdício.

Ouço minha esposa subindo a escada, com certeza a fim de fazer as camas. Espero que chegue ao andar de cima, entro sorrateiramente na cozinha e ponho a meia-lua do queijo com a camada vermelha voltada para cima sobre um prato no armário para evitar que resseque. Volto então ao porão, conto os edams mais uma vez e fecho o caixote com um prego, tão cuidadosamente quanto possível a fim de não assustar minha esposa no andar de cima. Vai que ela pensa que me enforquei.

Pois veja só, está tudo como Deus manda. Volto ao escritório e chamo por telefone um táxi, que logo em seguida pára à porta de casa.

Dentro do caixote, os quinze queijos que haviam sobrado pesam ainda mais de trinta quilos. Ainda assim, levanto o monstro, carrego-o escada acima e atravesso com ele o corredor até a porta de entrada. Abro a porta, e o motorista apanha o caixote de minhas mãos. Vejo com que dificuldade dá os quatro passos que o separam do carro.

Visto meu casaco, apanho o chapéu e vou sentar-me ao lado de meu caixote. A senhora Peeters, nossa vizinha, está à janela e acompanha toda a operação com grande interesse. Vejo que minha esposa também assoma à janela.

Deponho o caixote no depósito patenteado e mando o táxi embora.

Está feito meu testamento queijeiro.

Não sei como, mas minha esposa, que havia visto passar o táxi, não me fez qualquer pergunta, e meu irmão parece não ter mais nenhum interesse nos dados de venda. Fala sobre seus enfermos, sobre as crianças, sobre política. Teria deliberado algo com minha esposa?

Quer dizer então que Hornstra virá amanhã.

O montante da venda do caixote de Jan e dos onze exemplares está num envelope em meu escritório.

Não seria entretanto melhor dizer à minha esposa o que nos trará o amanhã? Não, ela já está com a cabeça cheia de preocupações.

Por mais que me contrarie a conversa que terei de levar com Hornstra, começo a ansiar por ela como um torturado anseia pelo golpe de misericórdia, pois imagino estar perdendo meu prestígio como homem e como pai mais e mais a cada dia que passa. Mas, também, que situação! Minha esposa vê-se casada com um homem oficialmente funcionário da *General Marine* mas que também desempenha o papel de gerente da Gafpa, acobertado pelo atestado de um médico. Um neurastênico comercializando queijo na surdina, como se se tratasse de um crime.

Isso sem falar das crianças. Não deixam transparecer nada do que se passa dentro de suas cabeças, mas, entre si, que não dirão da inaudita fantasia queijeira? Devem considerar-me um caso patológico. Afinal, um pai deveria ser um homem íntegro. Não faz diferença se trabalha como prefeito, editor de livros, escriturário ou obreiro.

Mas um homem anos a fio ciente de seu dever, seja ele qual for, que decide por livre e espontânea vontade ir atuar numa opereta a exemplo do que eu fizera com o queijo, que pai é esse?

Normal é que não é. Num caso desses, um ministro renunciaria a seu cargo, desaparecendo do circo. Mas um pai e marido só pode renunciar a suas funções com o suicídio.

E que dizer de meu irmão, que parou de uma hora para outra tão ostensivamente de perguntar pelas vendas? Ele soube desde o início como as coisas terminariam. Por que foi então que não se recusou a dar-me o atestado? Teria sido mais ajuizado do que ficar trazendo-me todos os dias amostras de medicamentos de que ninguém mais precisa. Cafajeste! É como se eu o ouvisse perguntar discretamente a minha esposa se a história não tinha já chegado ao fim, como quando se pergunta pelo estado de um moribundo. E ela responde que já tirei o caixote do porão.

Sou tomado por um amedrontador sentimento de abandono. Em que pé estou com minha família, já que se ergueu entre nós um muro de queijo? Se eu não fosse um livre-pensador digno de compaixão, faria agora uma prece. Mas, e lá posso eu, um homem na casa dos cinqüenta, começar de repente a rezar por questões queijeiras?

Lembro-me subitamente de mamãe. Que sorte a sua não ter tido que ver de perto a catástrofe queijeira. Na época antes de que começasse a desfiar sumaúma, teria pago o valor correspondente a dois mil queijos para poupar-me este sofrimento.

E agora me pergunto se mereço passar pelo que estou passando. Por que é que eu tinha de atrelar-me à carroça queijeira? Seria por ter sido açoitado pelo desejo de melhorar a sorte de meus filhos e minha esposa? Seria muito nobre, mas eu não sou nenhum mártir.

Seria por querer dar uma melhor impressão nos saraus? Tampouco, pois o que eu possuo de vaidade não encontraria ali sua válvula de escape.

Mas, então, por que é que o fiz? Eu tenho nojo de queijo. Nunca quis vender queijo. Já acho ruim o suficiente ir comprá-lo numa loja. Mas vaguear por aí com uma carga de queijos e suplicar até que algum bom samaritano a soerga de minhas costas é algo que não posso fazer. Prefiro morrer.

Por que é que o fiz? Não se trata de um pesadelo, mas da amarga realidade. Tinha esperado poder enterrar os queijos no depósito patenteado por toda a eternidade, mas eles romperam suas correntes e dançam agora diante de meus olhos como fantasmas, oprimem-me a alma e fedem.

Imagino que isso me tenha acontecido por eu ser muito dócil e manso. Quando Van Schoonbeke me perguntou se eu estaria disposto a aceitar, não tive coragem de repelir a ele e seus queijos como deveria ter feito. Pago agora por minha covardia. Minha provação queijeira foi bem merecida.

XIX

Raiou o último dia.

Permaneci na cama até nove e meia e, enquanto bebia tranqüilamente meu café, passou-se outra hora. Não consigo ler o jornal. Dirigi-me então a meu escritório a exemplo de um cachorro que, não encontrando o que fazer, volta a sua casinhola.

Foi quando me veio uma repentina inspiração.

Será mesmo imprescendível que eu receba Hornstra? O pouco dinheiro angariado eu posso enviar-lhe por correio, e seus queijos permanecem intactos nos Depósitos. Por que não poupar minha esposa de uma cena tão embaraçosa?

Às 10h50, fui sentar-me na saleta junto à porta.

É possível que nem venha. Vai saber se não morreu. Pode ter seguido diretamente a Paris. Mas, nesse caso, teria avisado, pois os holandeses não são tão levianos. Pode tardar, mas é certo que virá.

Deslizando como uma sombra, pára de repente um sofisticado carro à porta de casa, ao que ouço a campainha. Torço a cara, pois o toque estridente da campainha me dói nos ouvidos, e levanto-me.

Ouço minha esposa na cozinha pondo um balde sobre o chão, aparecendo então no corredor a caminho da porta.

Chegando à altura da saleta, apareço rapidamente no corredor e corto-lhe o passo. Ela faz menção de seguir, mas detenho-a com um empurrão.

— Não abra — digo aos sussurros.

Fita-me com um olhar estarrecido, como a testemunha impotente de um crime. É a primeira vez, desde que a conheci há trinta anos, que dá mostras de medo.

Não digo mais nada. Nem preciso dizer, pois ela empalidece e volta para a cozinha.

Permaneço de pé num canto da saleta, de onde enxergo claramente a rua. Quem olha de fora não vê nada além de penumbra. Minha vizinha, como não podia deixar de ser, também permanecerá parada na sala de sua casa, a apenas alguns passos de mim, estou certo.

Soa a campainha pela segunda vez. Seu tinido estrondoso rompe o silêncio de casa.

Após uma curta pausa, vejo que o motorista volta a dirigir-se ao carro. Diz algo e abre a porta para que saia

Hornstra. Está trajando um terno de viagem quadriculado com as barras das calças algo curtas e uma boina à inglesa, e leva consigo um cachorro pela coleira.

Surpreso, fita a fachada silenciosa de casa, achega-se à janela e tenta distinguir algo do lado de dentro. Ouço-o dizer algo, mas não entendo o que diz.

Até que aparece a senhora Peeters.

Vai perguntar em que pode servir-lhe, por iniciativa própria, já que Hornstra não bateu a sua porta, o que eu teria ouvido.

Ela vem encostar por sua vez o rosto contra a janela como se pudesse descobrir algo que Hornstra não havia descoberto. A mulher dá-me ojeriza, coitada; afinal, a desgraçada não tem com que se ocupar o dia inteiro. Não sai de casa, e nossa rua faz para ela as vezes de cinema, mas sempre com o mesmíssimo filme.

Agora é a vez de a senhora Peeters tocar a campainha. Gesticulando até encontrar sua carteira, Hornstra oferece-lhe uma gorjeta, que ela recusa veementemente a aceitar. Isso foi o que deduzi por seus gestos.

Não vendeu a alma a Hornstra, mas quer comprovar com os próprios olhos que realmente não estou em casa.

Muito bem, senhora Peeters!

Caso a meia-lua não tenha terminado, mando-lhe o queijo por intermédio de Ida.

Hornstra volta a encafuar-se no carro, arrastando o cachorro atrás de si. Fecha a porta com um estrondo e o carro arranca tão silenciosamente como havia chegado.

Permaneço mais um pouco ali, de pé, e sinto todo meu ser invadido por um sentimento sobrepujante de alívio. Como se uma mão carinhosa viesse cobrir-me na cama com um cobertor.

Mas tenho de voltar à cozinha.

Encontro lá minha esposa de braços cruzados, fitando o jardim pela janela.

Vou até ela e tomo-a nos braços. E, quando minhas lágrimas caem sobre seu rosto avelhantado, dou-me conta de que também chora.

De repente, é como se não estivéssemos mais na cozinha: é de noite, e sinto que estamos num lugar deserto, sozinhos, sem filhos nem nada, como há trinta anos, quando procurávamos um esconderijo a fim de poder chorar em paz.

A torre queijeira esfacelou-se.

XX

Emerjo do fundo do poço e, chegando à tona e com um suspiro de alívio, volto a atar meus tornozelos aos grilhões de antes. Voltei hoje à *General Marine*.

Após uma tal decepção, é natural que me sinta culpado; a fim de não dar a impressão de que quero angariar simpatias, faço o possível para pôr-me no papel do funcionário que voltou mais cedo do que devia a suas obrigações.

Não foi necessário. Fui literalmente atacado por todos os lados, e a senhorita Van der Tak disse-me que estava agindo errado, que deveria permanecer em casa até o final do mês. Mas o que ela não sabe, claro, é que meu salário havia sido suspenso.

— Viu como não há nada melhor para quem sofre dos nervos que um gamão? — disse Tuil, dando-me um ligeiro empurrão de lado.

Pediram minha opinião sobre o fato de estarmos agora sentados com as costas voltadas para a janela, mostraram-me os novos mata-borrões e chamaram-me a atenção para Hamer, por causa de seus óculos novos.

O velho Piet, sem apear de sua locomotiva, acenou com o boné em minha direção como um lunático. Deslizei para fora e apertei-lhe vigorosamente a mão negra, sempre coberta de graxa. Ele se inclina sobre seu cavalo de ferro, sacode-me o braço com tanto empenho que quase me levanta do chão e passa, arrebatado, a folha de tabaco que mastiga de um lado para o outro da boca.

— Gostou dos charutos?

Ele nem sequer sabia o que me haviam dado de presente.

— Excelentes, Piet. Eu trago alguns para você.

Dá três apitos com a máquina em minha honra e retoma, bem-humorado, sua qüinquagésima milésima corrida pelo estaleiro.

Meus colegas de trabalho não me dão para datilografar nada além de comandas insignificantes, encarregando-se eles dos ossos-duros-de-roer exaustantes e cheios de termos técnicos. A senhorita Van der Tak dá-me um quadradinho de chocolate cada vez que ela própria come um.

É estranho, mas, em todos aqueles anos, nunca imaginei que pudesse ser tão agradável trabalhar naquele escritório. Com o queijo eu me sufocava, ao passo que aqui, entre uma comanda e outra, tenho tempo para ouvir minhas vozes interiores.

XXI

Na mesma noite, escrevi a Hornstra dizendo-lhe que, por motivos de saúde, via-me obrigado a renunciar à representação na Bélgica e no Grão-Ducado de Luxemburgo. Acrescentei que seu queijo permanecia nos Depósitos Patenteados *Blauwhoeden* e que poderia enviar-lhe por ordem postal o valor correspondente aos queijos que faltavam

Com a tal missiva, fechei a porta atrás de mim de uma vez por todas, pois vá lá saber se não tenho no futuro outro repente queijeiro.

Três dias depois, eis que recebo uma comanda de René Viaene, meu representante em Bruxelas, que havia vendido a quatorze clientes um total de 4.200 quilos. A comanda estava preenchida com perfeição: data da encomenda, nome e endereço de cada um dos fregueses, além de todas as outras colunas.

Não pude deixar de procurar sua solicitação de emprego em meu dossiê. Rezava o seguinte: Tentarei vender um pouco de queijo. Seu afeiçoado René Viaene, Rozenhoedkaai 17, Bruges. Eu não havia feito anotação alguma, pois não o havia convocado para uma entrevista, já que era o único candidato em Bruges a oferecer seus serviços. Havia-lhe enviado, sem grandes esperanças, dez comandas, como o fizera com os demais 29. Jamais chegarei a saber se é velho, jovem, elegante ou andrajoso, se usa bengala ao caminhar ou não.

Reenviei sua comanda a Hornstra, sem comentário algum. Quem sabe não acabo ganhando meus cinco por cento? É que o sistema de comandas havia sido uma boa idéia, disso eu não tinha dúvida.

XXII

Van Schoonbeke telefonou — o telefone eu tinha decido manter, já que o tinha pago por um ano. Pergunta por que eu não apareço mais. Hornstra havia-o visitado e dito que sentia muito não poder continuar trabalhando comigo. Havia deixado transparecer sua satisfação por ter encontrado os queijos num estado impecável.

Teria ele imaginado que eu devoraria vinte toneladas de queijo?

— Nós aqui em Antuérpia pelo menos sabemos como fazer para guardar queijo — disse Van Schoonbeke. — Então, você vem na quarta?

De maneira que voltei, e ele me parabenizou.

Lá estavam eles outra vez reunidos. As mesmíssimas conversas, os mesmos rostos, com exceção do velho advogado da meia-lua de queijo, que morreu. Vejo em seu lugar o jovem Van der Zijpen, que ainda não descobriu se eu me prestarei ou não à tarefa de ajudá-lo a conseguir suas duzentas mil "pilas".

Van Schoonbeke, como não poderia deixar de ser, ficou sabendo por meu irmão que eu voltara ao estaleiro, mas não disse nada a seus amigos, de maneira que esses continuam a tratar-me como o diretor da Gafpa.

O anfitrião apresenta-nos um ao outro:

— O senhor Van der Zijpen, o senhor Laarmans.

E dizemos ambos:

— Muito prazer.

Van der Zijpen deu então início a um colóquio paralelo com seu vizinho, que, a intervalos, desatava a gargalhar.

— Não se esqueça de avisar-me assim que chegarem as sardinhas — disse o homem por entre os dentes.

Van der Zijpen, rindo à socapa, lança-me um olhar e pergunta se pode anotar o pedido.

XXIII

Fiz hoje uma visita à sepultura de mamãe, ou melhor, de papai e mamãe. Faço isso todos os anos, mas, desta vez, adiantei minha visita a fim de tentar curar minha cicatriz queijeira.

Comprar flores foi uma tarefa tão árdua como a aquisição de minha escrivaninha, porque o florista tinha três gêneros de crisântemos: pequenos, médios e grandes, grandíssimos, do tamanho de baguetes de pão. Eu tinha em mente comprar os menores, mas ele soube vender-me os maiores e, veja bem, uma dezena deles. Embrulhou as flores num papel alvíssimo e acompanhou-me até a porta, ao que me fui com buquê gigantesco, visível a quilômetros de distância. Não tinha como atravessar a cidade com aquela monstruosidade. Não, não tinha mesmo como, por mais venerável que seja uma visita ao cemitério. Com aquela braçada exagerada de flores eu fazia um papelão pior do que quando comprara a imagem de gesso de São José. Não há quem compre um buquê tão imenso, e bem se vê que fui vítima de um engodo. Ou seja: tive de apanhar um táxi.

O cemitério é um mar sem fim de aléias iguais que só se distinguem umas das outras pelas sepulturas que ladeiam, e isso só para um olhar treinado. Alameda principal, terceira aléia à direita, segunda à esquerda.

Deve ficar em algum lugar por aqui. Caminho mais devagar na direção de um poste negro a alguma distância.

Onde diabos foi parar a sepultura? Está do lado esquerdo, tenho certeza. Família Jacobs-De Preter. Senhorita Johanna Maria Vandevelde. Em memória de nossa querida filhinha Gisèle.

Sinto que estou suando frio de medo. O que será que a fulana dirá de mim? — pois o poste negro nada mais era que uma mulher em prece. Seria ridículo perguntar-lhe se não sabe onde se encontra a sepultura de meus pais. E o que fazer se der ali com uma de minhas irmãs? Ela se daria conta de que estou a caminho da sepultura de nossa família. Afinal, o que mais eu poderia estar fazendo ali com aquelas flores? Bem, caso isso aconteça, eu largo as flores sobre a primeira sepultura que encontrar e despacho-me dali. Ou digo então: "Você também por aqui?", deixando-me, encantado, guiar por ela com a maior naturalidade do mundo.

Com os ouvidos zumbindo, volto à alameda principal e começo a contar de novo. Terceira à direita, segunda à esquerda. Eis-me de volta à aléia de onde saíra.

Certo, seguirei como se tivesse que chegar ao outro lado do cemitério. Tenho que apertar forte os talos dos crisântemos, para que as flores não se arrastem pelo chão.

Caminho nas pontas dos pés até onde está a mulher e passo por detrás dela. É quando vejo, de repente, minha sepultura. É como se viesse a meu encontro. Logo ali, ao lado da fulana em prece. Kristiaan Laarmans e Adela Van Elst. Graças a Deus! Se minhas irmãs quiserem vir agora, que venham!

Que calma paira por ali! A intervalos cai uma gota de alguma árvore sem folhas.

Tiro o chapéu. Um minuto de silêncio.

Tranqüilizo-me. Os que jazem ali não ficaram sabendo de minha aventura queijeira. Se assim tivesse sido, por sinal, estou certo de que mamãe teria ido à Gafpa oferecer-me apoio e consolo.

Deponho cuidadosamente meu buquê gigantesco sobre aquela laje de mármore, lanço um olhar de esguelha à figura em prece a meu lado, faço algo que se parece com uma vênia, volto a vestir o chapéu e retiro-me. A cinco sepulturas dali, entro numa pequena aléia e volto-me para trás.

Estaco, como se cravado no solo. O que é que a fulana está fazendo em nossa sepultura? Estaria querendo furtar meus crisântemos para pô-los sobre a sua sepultura? Seria o cúmulo.

O que vejo agora é que ela está tirando o embrulho de papel alvo de maneira a desnudar aquela fartura marrom-avermelhada de flores. Abre em leque meus crisântemos e dispõe-nos à frente, sobre a laje, de modo a que os nomes de papai e mamãe continuem visíveis. Faz então o sinal da cruz e começa a rezar diante da *minha* sepultura.

Curvo-me e esquivo-me dali, sem que me vejam, até chegar à alameda principal e sair do cemitério.

Faço meu táxi parar na esquina de casa, pois, ao contrário, teria de dar a minha esposa maiores explicações. Afinal, já não sou mais comerciante. E aquela visita ao cemitério poderia muito bem ter sido feita de bonde.

XXIV

Em casa não se fala mais de queijo. Nem mesmo Jan voltou a tocar no assunto da caixa que vendera com tanta maestria, e Ida permanece mais calada que um túmulo. Vá você saber se a coitada ainda não é chamada de "queijeira" na escola.

No que diz respeito a minha esposa, cuida para que não se sirva mais queijo às refeições. Só passados meses de então foi que me serviu um *petit suisse*, aquele queijo branco e achatado que não se parece a um edam mais que uma borboleta a uma cobra.

Bons e ajuizados meninos.

Querida, querida esposa.

Antuérpia, 1º de março de 1933.

Este livro foi impresso nas oficinas da
Distribuidora Record de Serviços de Imprensa S.A.
Rua Argentina, 171 – Rio de Janeiro, RJ
para a
Editora José Olympio Ltda.
em dezembro de 2006

*

75º aniversário desta Casa de livros, fundada em 29.11.1931